一茶一飯間

一茶一飯間

陶理题

陶文瑜 著

黄山书社

图书在版编目（CIP）数据

一茶一饭间 / 陶文瑜著. -- 合肥：黄山书社，2020.11

（慢活书系）

ISBN 978-7-5461-9385-4

Ⅰ. ①一… Ⅱ. ①陶… Ⅲ. ①散文集—中国—当代②汉字—法书—作品集—中国—现代③中国画—作品集—中国—现代 Ⅳ. ①I267②J222.7

中国版本图书馆CIP数据核字（2020）第223516号

一茶一饭间

YI CHA YI FAN JIAN

陶文瑜 著

出品人 贾兴权
策　划 胡竹峰
书法题字 叶兆言　陶文瑜　陶　理
责任编辑 张月阳
内文插图 荆　歌　陈如冬　夏　回　朱墨春
装帧设计 私书坊 _ 刘　俊　张俊香
出版发行 时代出版传媒股份有限公司（http://www.press-mart.com）
　　　　 黄山书社（http://www.hspress.cn）
地址邮编 安徽省合肥市蜀山区翡翠路 1118 号出版传媒广场 7 层　230071
印　刷 安徽联众印刷有限公司
版　次 2021 年 1 月第 1 版
印　次 2021 年 1 月第 1 次印刷
开　本 880mm × 1230mm　1/32
字　数 230 千字
印　张 12
书　号 978-7-5461-9385-4
定　价 78.00 元

服务热线 0551-63533706
销售热线 0551-63533761
官方直营书店（http://hsss.tmall.com）

序：骑手走远了

胡竹峰

那天在日本，很早的早晨，天还没亮，收到陶文瑜诗作：

就当是和以往一样
大家聚在一起
很开心的样子
散去的时候
你把我送到路口
我们挥挥手告别
然后你拿出手机
把朋友圈里我的名字删去

再见吧朋友再见
你深留在我心间

想我的时候
就看看我的诗吧
我出生的时候就想
这一生会遇见谁呢
我离开的时候就想
我竟这么走远
我碌碌无为的一生
因为一些和你相处的日子
才有了诗意
你是我的字里行间

命中注定要分手
答应将来再见面

大地留不下我
我就到天上去
从天上看下来
街道　快递　点心铺
公交车　面包店　幼儿园
白发老头扶着生气的老太
走进家门

所有的世俗
美丽的慌张
我是多么依依不舍啊
你们

朋友再见不话别
不把伤悲锁眉间

我还欠金顺仁和戴来
两个扇面
戴来说不急的
反正马上冬天了
有一天我要叶兆言
为我写个书法
兆言说过一阵吧
我还能写再好一点的
后来我从拥挤的人群中走过
竟见到了你们的身影
我拼尽力气喊着
你们的名字
却没有声音
死亡不算新鲜事

活着也不更新鲜

一时无话，站在京都街头久久回不过神。诗里意思自是懂得的，陶文瑜生病很久了，这是朋友的诀别。人总归要诀别的，只是因疾病而死亡的诀别更加决绝更加难过更加不舍。不知道怎么安慰他，末了回了一句："希望你健健康康活几十年，有些话看了伤感的。我连保重的话也觉得无力啊。"陶文瑜发了一个拥抱的表情给我。

苏州朋友告诉我，陶文瑜病得重，医生估计只有三个月的生命了。知道这个消息很难过，于是想到应该写一篇文章给陶文瑜。

陈忠实常常作序，朋友不解，老先生说让他们活着看才好！死了再写文章，只让家属子女看，跟死者就没什么关系了。我想也应该写一篇陶文瑜的文章给他看看。

我知道面对生死，文字是乏力的。那天下午找出陶文瑜的文章重新看，写人物的几篇长随笔深情款款，又朴素又跌宕，明白如话。我把这些感觉都告诉了他，秀才人情大抵如此，只能在纸上给朋友一些温暖吧。

想起苏州，是粉白的墙灰色的瓦，一座又一座桥，一座又一座园林，也想起陶文瑜。认识他十来年，见过三回面，十分冷淡存知己的意思。当然，交情还不够知己，但彼此有一些相同的心绪。陶文瑜像书架上一本喜欢的熟悉的书，随时打开，读哪一页都好，不读，看看封面也好。这就是文字之交吧，散散淡淡。陶文瑜送过我很多书，差不多有他所有的著作，从早期诗集《木马骑手》到随笔近作《红莲白藕》。倒是那本经我手策划的《流年白话》没有签名版，这是他内敛之故。

和陶文瑜认识也是因为书，说起来已是十多年前的事了。出版社送来他的《太湖记》，我写了篇书评，陶文瑜看见了，打来电话表示一下感谢。后来又给我写过信，末了说："谢谢你的评论，十分到位中肯，你是我的知音，欢迎有机会来苏州。"从此断断续续开始和陶文瑜交往。后来，听说他身体不太好，心里时常有一份惦记，希望他一切都好，健健康康的，文章书画自悦自在，这样喜欢他文章的人也多一点小小的快乐。

第一次与陶文瑜见面是二〇一五年的事，春天和家人一起去苏州。陶文瑜很客气，送我书、字画。谈起自己的身体，态度豁达乐观，喜气盈盈，不忌口，不觉得自己是病人。我很为他的状态高兴，虽然有些生活方式未遵医嘱，可是还有什么比此间的快乐更重要呢。当时天气有些炎热，母亲顺手拿起沙发边一把纸扇清凉，陶文瑜说这把扇子送给阿姨吧，拿起笔写上王昌龄《芙蓉楼送辛渐》一诗。扇子的另一面是苏州评弹艺人的花鸟。夺人所爱，心里颇为不安，后来有些嗔怪母亲，却也珍藏着陶文瑜一片冰心的友谊。

那天中午，陶文瑜赏饭老苏州茶酒楼，印象深的有马兰头、虾仁，很新鲜。他让我多吃虾，说别的菜都不好，歉然的样子。实在，我很多时候饭菜只是吃，不论口味。相交多年，能一起吃饭喝茶，其间的滋味不是任何饭菜所能比拟的。

中间很多年了，没见过陶文瑜，偶尔互传短讯，散散淡淡闲聊。陶文瑜和吕洞宾一天生日，他文章里写过，还说小时候以为自己也是神仙。有一年给他写了一条短信：

你说是四月十四日生日，和吕洞宾一天。明天就是你的生日，祝生日快乐，多写作品。问夏安。竹峰

隔日陶文瑜回信：

谢谢竹峰兄，这是很情义的来信，我以为作家就是为自己的朋友和熟悉的少部分读者在写作，他们写作的意义也在于此，实在和广大人是无关的。谢谢你一直对我的鼓励，你上次说起的两本书，因为是电视专题片的文本，所以我不满意，有一个今年我准备改成散文出一下，到时寄你。文瑜

那散文是后来的《徽州十记 太湖十记》。陶文瑜话多，信短：

竹峰兄：近好！这一年多一直在忙《苏州杂志》，我在当这个家，策划约稿编排，花了我好多精神，文字做得很少。我开了一个博客，你有空去看看，多多联系。

竹峰兄：明天我要去扬州，挂号寄了《苏式滋味》。星期五回家后再寄两本我们的杂志给你，有合适文字可支持我，我这主要是要和苏州有关。

竹峰兄：前一阵我去外地开会，没能及时上网。今年有个散文集，出来后寄你，没什么新东西。这两年对画比较迷，另外杂志的主要工作是我在负责，很烦。把你的地址告诉我，我把诗

集寄来。

忘了哪年的事，和几个朋友去苏州公干，抽空去了沧浪亭，想起附近是青石弄，陶文瑜在那里。于是拨通电话，刚好他在。那是第三次去苏州杂志社。院子里水池依旧、太湖石依旧、芭蕉依旧、紫薇依旧、梅花依旧。门口还是那副熟悉的对联：“春姑娘敲门，陶爷爷在家。”

谈笑着进了陶文瑜办公室喝茶，还是凌乱的样子，里间小屋更乱，满满当当，堆着纸张笔墨印章字画。

陶文瑜的气色还不错，友人无恙，我很高兴。他穿一身中式衣服，像太极高手，也像赋闲在家的文士，状态尤好，眉飞色舞间有看得见的喜气。我指给朋友看办公桌右侧墙上，一张全国作家书画展的荣誉证书。内页右上角，陶文瑜写有一行字：“房子随意换，荣誉不能丢。”一行人不禁莞尔。

辞别之际，请陶文瑜题赠几本书与朋友，他找出《茶来茶去》与《苏州杂志》编选的两册文集《旧事》和《故人》。《故人》扉页题签时，原本要写“风雨故人来”，不留神，落笔成“风雨过后”四个字。老陶一时略有犯难，我说就写“风雨过后是彩虹”也蛮好，他照实写了，又添了一句“彩虹之中故人来”。当时我心里想，希望老陶风雨过后是彩虹，希望他平安快乐、健健康康。我看他的字欣欣向荣，是吉人天相，一切都会好的，一切都是好的。

出杂志社大门，临墙瓦上停了一只花喜鹊。喜鹊肥硕，朝我叫了几声，心里觉得美好吉祥。

那天翻邮件，见友人一封信，末了说：

我在苏州，与陶文瑜常常见面。梅花开了。

一转眼近十年，今年的梅花又快开了。不知道如今友人是否经常回苏州，会不会常常和陶文瑜见面。而昨天，我开始服下人生第一颗降压药。

一直和陶文瑜商量出本饮食书。那天他喜滋滋传我讯息：

竹峰，晨起想到一不错的书名《喝茶》，朴素而真实，以后有空还可以做一《吃饭》。秋天杂志社笔会，我来约兄，我们细说，做一个有意思的。

秋天的时候问书稿如何了，他回来讯息：

兄好，我大病，危，已无力工作了。

心下哀恸，嘴上却只能安慰，说吉人天相。书稿终是没能编成，离世前半个月陶文瑜发来短讯：

竹峰兄，我在进行治疗，药有很大副作用，说话的力气也没有，整天昏浊的样子，生不如死。关于《吃饭喝茶》一书，稿子都是现成的，但我搞不动了。我想把稿子发你，由你全权负责。之后有关出版及出版之后的事，全部交我儿子。要你烦心了，好吗？

收到陶文瑜四册散文集文稿，想起大先生鲁迅当年给白莽《孩儿塔》所作序里的话：“一个人如果还有友情，那么，收存亡友的遗文真如捏着一团火，常要觉得寝食不安，给它企图流布的。”

陶文瑜对文章反思很多，私下里几次说自己下笔破绽太多，硬伤太多。我想文章不过是性情。陶文瑜的文章又散淡又清雅，最有性情，很自在，像茶馆里说话，随便聊聊，正是这种漫不经心，让字里行间多了冲淡。他下笔坦腹相见，总带些俏皮的韵味，让人忍俊不禁，让人笑骂，又有两分服气。我在报社工作的十年里，编发过陶文瑜近百篇文章，他的写作让新闻纸熠熠生辉。

陶文瑜生前出版了十几本著作，不同的文字，不同的写法，相同的心思，相同的灵气与敏捷的才思，说明他实副其名，称文瑜而无愧。瑜者，美玉也。

有几回陶文瑜很诚恳地对我说：竹峰啊，你现在文章写得好啊。顿一顿，又说：写得比我好的。我一时惭愧，无言以对，只能说谢谢，不敢当的。但陶文瑜对自己的书画自恋入骨，从来不谦虚。精得不得了，大字也这么好，不输古人，是他的自我评价。虽然结语会说不好意思，但“不好意思”四个字分明是拔刀四顾的神采奕奕。我喜欢那样淘气的陶文瑜，那是骨子里的风华正茂，也是一个作家、书画家的丰神俊朗。前几年，陆续收到过很多陶文瑜的书画。每一幅我都郑重地放好，收存一份笔墨友谊也是收存一份艺术缘分。

那年陶文瑜办“磨墨又写字”的书画展览，命我写一段话，收在他画册里：

陶文瑜的本行是作家，自说自话，也自学自画，骨干和经纬是书法史文化史。陶文瑜落笔，心存感触、领悟、见解，又敏感又敦厚。磨墨写字，默默写字，笔墨清澈而流动，极美，以此通往明清唐宋魏晋，这是古典的路，也是陶文瑜的内心之路。

关于陶文瑜的书画，当年我这么看，现今还这么看。需要补充的是，我喜欢陶文瑜笔墨里的雅气与文气。

陶文瑜离世那天，打开他送我的那些书画，好几十幅，红莲白藕绿荷墨梅黑字大山小人。有送我的，还有送我女儿的，一幅幅满是陶文瑜的性情陶文瑜的气息。垂坐良久，对着那些字画愣愣无语。

有一幅他模仿周作人笔迹的小品，旁边有题记："此真周作人真迹也。陶文瑜。"看了忍俊不禁，突然又更难过了。

陶文瑜一直说自己是劳动人民家庭的孩子，怀着一颗进入书香门第的心。出生在劳动人民家庭，靠着自己的用功学习，成为一名作家，其中甘苦，陶文瑜从来不说。

二〇一一年，《延河》杂志给我做一读碑帖散文专辑，需要评论，请陶文瑜写过一篇文章《敲锣打鼓》。后来体例不合，没有刊用。那天看见了，找出来发给他，一时感慨，我们都忘了有这么一篇文章。

一岁年纪一年人，而今已然不青春。

东拼西凑四十九，水墨麻将共余生。

我好久没有写作了，一时间不知道怎样落笔。古代好多文字开头都是几句诗，好像叫“楔子”，要不就模仿一下吧。

这四句诗是我今年生日时写的，回首大半世人生，也不知怎么一下子就过来了，几乎没有干些什么，有一种东拼西凑的感觉。麻将是我的爱好，我是一个作家，展望未来的时候，为什么不是文章麻将，而拿水墨说事呢？因为文学艺术没有种瓜得瓜的好事，我的心智也只能到这个境界了，再要进步可能很难了，想到这个很无趣，就决定放弃了。去年一家诗刊的编辑来苏州，约我一起碰头，说我曾经是他们的作者。我去饭店的时候，觉得是带着现在的老婆上前妻家做客，很不自然，也有点失落。

竹峰兄和苏州文人很投缘，有一种苏州文人的气息，就是有闲情逸致。苏州文人有一些落第秀才的样子，并不是一味埋在“四书五经”里，该琴棋书画就琴情书画，该风花雪月就风花雪月，到了进京赶考就出门一趟，考得上考不上都无关紧要，很是闲情的样子。这世道闲人很多，闲情太少，我们要为有闲情的人敲锣打鼓。

对了，为什么选择我的一首小诗开头，还漏了一个原因，就是其中说到了水墨。竹峰的这些文字，大致上和书画有关系，这样也是一个呼应。上年纪的人嘴碎，写文章也是。从前三下五去二就能切入正题，现在绕了一大圈，还没出门。

这些文字，都是读帖之后的有感而发。竹峰选择的书画，主要是文人气十足的古人，这和我的想法也比较一致。

在我心目中，差不多有两类书法家，一类是开公共汽车的，一类就是开船的。开公共汽车的书法家也有相当的功力，真草隶篆各门武林秘籍看了不少，一招一式丁是丁卯是卯，但是他们往往为了写字而写字，笔墨之间没有感情的波动，没有心思的痕迹，一个字一个字地完成，仿佛开公共汽车，走走停停，一点也不畅快。另一种像河里面行船的书法，逆水行舟或者顺流而下，笔墨之间是抒情的脉络和人生的感悟，于是书法成为表达这些脉络和感悟的一种方式。我们看到的不是颜鲁公或者柳公权，而是活生生的作者自己，是一个独一无二不可取代的艺术生命，是一份货真价实生动丰富的真情实感。

竹峰在意的是和古人心心相印的交流。

有关书画的文字，看似容易操作，现成的人物和作品放在面前，似乎要省去好多功夫，实在比一般文章更难处理。现成的东西，就是木已成舟，这和厨师有点仿佛，厨师要不亲自跑去菜场，很难有最好的发挥。我们还往往从社会进步人类文明的角度谈包办婚姻，其实从艺术方面着手，也是一个道理，包办婚姻不容易找到爱情，写作这类文字，就是要在包办婚姻的基础上情深意长。

竹峰的写作，不面面俱到，也不老生常谈，而是以崭新的角度面对和审视真草隶篆的前世今生。他的文字，有一点沉香式的旧气，是非常纸质的美感。我们看到一些新鲜的想法若隐若现，和我们现实的生活和世界若即若离；看到始终饱满又很有节制的作家的内心。

我现在做的是敲锣打鼓的工作，竹峰在敲打声中粉墨登场，也可以少一点清唱的寂寞啊。

拳不离手，曲不离口，古人的说法真有道理。好多年前，对于写作，我有一种挥挥洒洒层出不穷的感觉，现在真像一个步履蹒跚的老人，心思也是断断续续，国家规定到了年纪的老干部要退二线，实在是明智的。

有话则长，无话则短，要么就说这么多吧。

这真是好文章。现在，陶文瑜去世了，几次重读，心头又多了怅然的况味。

陶文瑜离世，我们一家人都很难过。这么一个鲜活的人，就这样走了。从此苏州少了一个朋友，心底又多了一个纪念的故交。

陶文瑜去世后，很多人写文章追忆他。我妻子小冬也写了一段文字：

大概十年前，先生曾拿起一本书向我介绍，作者是陶文瑜。陶老师的风趣幽默跃然纸上，一小帧照片，陶老师年轻俊朗，脸上有掩藏不住的俏皮。后来，先生每每收到陶老师字画，我一并欣赏，浅浅淡淡的花鸟写意，是我最爱的风格。陶老师成了先生的朋友，却也似乎成了我的熟人，时时翻翻他的书，读读他的文，眼前是江南烟雨之后的柳色清新，是苏州城小桥流水的闲适淡雅。

二〇一五年春，我们一家人去苏州，到叶圣陶故居拜访陶老师。苏州小巷里，青瓦高门，院子里流水风荷，几尾红鱼游来游去。只记得黝黑的门内是满案的书籍纸砚，陶老师聊天写字赠书，并送我与婆婆珍珠项链。中午请我们吃饭，饭菜清新很有苏州特色。陶老师已是带病之躯，脸色灰暗，手臂上因透析导致多处凸起，而陶老师却是谈笑风生，不以为意。送我们入留园游玩，出园时一场雨，记得清晰。

秋天时候先生说陶老师病重，心头一惊。虽然四年前一面，陶老师高大粗犷，是中年之人，而我记忆深处仍是那幅小照片上的俏皮青年郎，仍是让儿子代写序的俏皮陶老师。他对疾病不以为意的状态，让我忘了他是重病之人，更震惊于他即将消逝的生命。先生发来陶老师新作的诗，不禁潸然泪下。

陶文瑜的豁达是真豁达，最后他放弃治疗，让朋友关照医院做好临终关怀。范小青老师和我说："他很决然地放弃，真的是为了尊严，我一直以为不会有这样的人，但他真就这样做了。"

人追念逝者，随时随地，也未必就一定要私交如何。陶文瑜去世后，我想起他很多很多回，比他生前想起的次数多了很多。好几回散步的时候，走在林荫下，花园过道中，出门路上，一念袭来，骤然难过。想到这么一个好玩的人也死了，死得那么年轻，很大一会儿才渐渐平复情绪。

很多次去苏州都想去看看陶文瑜，终是没有去，总想以后有的是机会。想不到陶文瑜那么快离开了。

重病时的陶文瑜想起母亲：

妈妈你还好吗

十多年前的一个傍晚

突然下起雨来了
你轻轻地说了一声
来接我了
那个接走你的是谁
现在
他也在我的门口
走来走去

妈妈我病了
你要看到我的样子
会难过死了
就像当初
我送走你一样
我们的悲伤
多么美丽啊

那个人在我的门口
走来走去
我要说一些方言
唱几句民歌
擦肩而过的时候
妈妈你要认出我啊

我们原来住的地方
修了几次马路
我买了一辆汽车
驾驶得不好
撞过好几回
你要知道了
会骂死我的

字里行间都是与人间告别的意思，这些诗他发给了我，也发给了一些朋友。

在山水间造一间房子
我要过隐居的日子了
在我生活过的地方
一些人说我刚来过
一些人说我才离开

我还要虚构几位仙人
邀请他们来我的房子里做客
仙风道骨的他们
在我面前超凡脱俗地
对答如流
我要假装崇拜地看着他们
要他们相信

我果然是一个新搬来的
凡夫俗子
然后心满意足地
坐上云头乘风而去

仙人们啊
我曾经也有过
五光十色的生活
云朵底下
有我不少真心实意的朋友
我的朋友要比你们
有趣好多
当初我们在一起的日子
是我的行李
和我永远的收藏

现在我要在山里面
走走停停
然后把树叶上的露珠
收集起来
一半自己泡茶
另一半留着

招待路过这里的飞鸟
飞鸟啊你们一路辛苦
我也是这样过来的

苏州园林四季清秀，即便秋冬天，竹木萧萧也别有风味，青石弄十号那个小小庭院，一切依旧。年年四季，冬去春来，春姑娘一次次敲门，只是往后日子，春姑娘敲门，陶爷爷再也不会在家。这一次，陶爷爷走远了。想起陶文瑜第一本书《木马骑手》，当年那个骑手远行了，再不会回来，但他会一直在我心里。

世间万物终有一天会四散而去，但鲜活的人生终是被天地照见过的，被人心照见过的。照见即是不朽啊。

二〇一九年十二月十二日，合肥

目录

喝·茶

喫·飯

喝·茶

碧螺春

各式各样的绿茶汇集在一起就要排定一个座次，这一个座次有点像乒乓球的排名。排名是天底下的一种认可，排名第一应该是很牛的事情了。碧螺春是绿茶中的第一位，已经有数百年的历史了，从前就是它，将来应该也不会有什么变化了，这是和乒乓球一个比较大的区别。乒乓球以前是孔令辉第一，差不多是两三年前吧，现在换了马琳了，不出三五年还会换成别的谁，乒乓球好像走马灯，碧螺春就是铁打的营盘。

爱好喝茶的朋友到了春节过后，有两三个月心不在焉的日子，去年的新茶喝得差不多了，存着的也没那么有新气了，这一种感受和遇上新媳妇仿佛，新媳妇也是新的，却是和小姑娘有区别的呀。今年的新茶却还没上市，是一种将要上市还没上市的状态吧。乍暖还寒的早春，福建、云南、四川的绿茶先期而至了，这是热带气候里早熟的绿茶，也是青翠的模样，喝起来却比较单薄，没有回味，大家想到了碧螺春，却只能干巴巴地等着。

洞庭碧螺春集团的汤总是我的好朋友，汤总是南京人，却十分理会苏州人和碧螺春，提起碧螺春好像就是说起自己的孩子。别人家的孩子和自己的孩子是有明显区别的，见到或者谈到别人家的孩子，基本上是三言两语却又有点斟词酌句。一到自己的孩子，就顾不了那么许多了，也不管别人爱听不爱听，我行我素一五一十地讲下来，一副向来知根知底、意犹未尽的表情。

三月初头上，突然刮起了大风，还有些绵绵细雨，我关好了门窗死心塌地在家里看书，傍晚的时候，风小了许多，雨也停下来了。电话铃声响了，是汤总的声音，汤总说，你不要走开，我来看你。

汤总带了半斤碧螺春来，是特级之前的品种，因为有黄叶就不能作为特级来处理了，炒的时候水分也没有彻底去净，就是为了好朋友大家尝尝，先尝为快吧。最最新的碧螺春滋味和香气是完全和完整的，喝到嘴里是旧地重游和老友再聚，还是别出心裁和焕然一新。

少许黄叶和干燥不充分，对于老茶客来说，基本上是忽略不计的。式样是给顾客看的，就像女演员是给观众看的一样，茶叶对于老茶客，好比是平常生活中的女朋友，可以你来我往，也可以谈心聊天。女朋友或许没有女演员那么好看那么风情万种，却是朴素实在的，也是大大方方的。

很早之前，十多年或者二十年吧，碧螺春差不多是八元至十元一斤，身在吴县的干部能够近水楼台享受的福利，就是每当碧螺春即将落市之际，花一个炒青的价格，带上二斤碧螺春的屑末回家，这样的屑末，大家称之为“碧脚”。

因为老范在吴县工作，我在记叙这段文字的时候，曾经向作家小范打听过“碧脚”的情况，小范想了想说，好像没有，好像不知道这个事情，只记得老范是带过碧螺春回家的。这句话从另一个侧面反映了老范不是基层干部。当时我的父亲和吴县的基层干部有一些往来，每年也带斤把“碧脚”回家，但一般是用于人来客往，我几乎没有尝过。

现在没有“碧脚”之说了，如今人的生活条件提高了，大家图着尝个新鲜，改革开放之后，来来往往的人也多了，碧螺春是请客送人首选的礼品。东、西山地方就这么大，碧螺春就这么多，“碧脚”混在茶堆里，是心照不宣的事，说到底按照现在的情形，“碧脚”混进去了，还是供不应求。

同样的原因，一些福建、云南、四川的茶商和东、西山的茶农看准了其中的商机，将外地茶叶运过来，依照碧螺春的制作方式，乔装打扮一番，就作为碧螺春待人接物了。滋味完全是风马牛不相及的，价格也是天壤之别，东、西山的特级碧螺春新上市的时候是千元之上，外来民工式的碧螺春也就百十元钱左右了。还有一种做法是将本地碧螺春掺杂了外地茶叶以鱼目混珠，因此东、西山有父亲给儿子是六四，儿子给父亲是四六，六四和四六是本地茶和外地茶的比例。靠山吃山，东、西山人祖祖辈辈做茶叶生意，不同的是四六的儿子少了些岁月的磨砺，六四的父亲多了一份质朴的真情。

土生土长和矢志不移用在植物身上，再妥当也没有了。园林和丝绸，苏帮菜和评弹，几乎就是苏州的代名词，碧螺春也是，因了时令来照章办事，一年就这么一回，美得跟牛郎织女相会似的。也不是很冲，却有滋味，风骨和气质像一个风雅的文人，因苏州生长，也只能在苏州生长。

东山、西山的地质地貌是风和日丽、鸟语花香的境界，碧螺春就在花树和果树之间生长，碧螺春躲在高高大大的花树果树下面，阳光和雨露透过花树和果树的枝叶，有一搭没一搭地落在茶树上。当现代社会的农业文明开始关注并且实施各类植物交叉种植的时候，太湖之滨的东、西山在好几百年前就开始了这样的实践，或许就是这样的缘故，碧螺春有一种特殊的花香和新鲜的水果味。

依照汤总的说法是，碧螺春的花香和新鲜的水果味与制作方式也有很大关系，碧螺春是锅不离火，手不离锅，一锅到底，快慢松紧的调度全凭手上的掌握，也可以说这是工艺是经验，而不是科学。

不久之前听说有关方面拨出款项，用于茶叶加热锅的研制，以代替人工操作来提高劳动生产率，这实在是一厢情愿的事情，是对传统和约定俗成的损害。法国人的葡萄酒世界闻名，每年到了制作葡萄酒的时候，大家依旧是光着脚丫在装着葡萄的缸里踩来踩去，为什么法国人不用机械化代替人工劳动呢？为什么踩出来的葡萄酒要比机器捣的贵出好多呢？想通了这些问题，加热锅的研制意义就不大了，真要搞成了，也就更没趣了。

几年前我曾经参加过一个碧螺春民间故事的电视创作。民间故事说，碧螺春要未出嫁的姑娘才能采摘，采了之后还要在自己的胸口捂一下；另一个说法更绝，说是要未出嫁的姑娘用嘴才能采摘。这是比较有美感的镜头，我们的电视创作就选用的这个说法，最后看过片子的专家说，国际上会有异议的，用嘴采多不卫生啊，这真是哪跟哪儿呀。

碧螺春最早叫“吓煞人香”，后来拿了皇帝说事，说皇帝觉得“吓煞人香”这个名字有点粗俗，就题下了“碧螺春”的名字。其实“吓煞人香”朴素实在，也是大俗大雅，碧螺春虽说是文人笔墨，却还是少了几分灵动和才华的。

太湖翠竹

太湖翠竹是无锡的地方戏。

太湖分摊到无锡人头上，其实没有多少，但这一点，真的不重要，重要的是无锡人时刻将太湖放在心头上。他们在给产品注册商标时，首先想到的就是太湖，太湖是公寓别墅，是食品熟菜，是股份公司，是街头小店，他们甚至将民歌《太湖美》作为市歌来唱。他们放声高歌《太湖美》的时候，有人说这是逢场作戏的经济意识，是虚晃一枪的信手拈来，这真是有点片面了，因为说这个话的人，真的没有体会到无锡人内心深处对太湖的热爱啊。

比如茶叶，就起了个“太湖翠竹”的名字。

太湖翠竹的样子有点像瘦金体的书法，是将铁画银钩张扬到了一种极致吧，它也不是土生土长的无锡茶树，据说是从福建一带移植过来的。在制作过程中，碧螺春是重揉，然后香气得以充分挥发，太湖翠竹是轻揉，轻得跟抚摸似的，所以保持了一副好身材，但喝起来有点青涩。不过泡在玻璃杯里看起来，真是赏心悦目，所以我觉得太湖翠竹是茶叶中的女模特。

“无锡锡山山无锡”这是一副对联的上联，下联是有不少的，但都比较牵强。还有一副对联，上联是“油面筋”，下联是“肉骨头”，合在一起分别是两样食品，拆开来六个字，全是人体或者动物身上的零件。油面筋和肉骨头，刚好又是无锡的两样特产，你说巧不巧了。也因为这个缘故，很长一段时间，无锡在我心目中，好像是一座喜欢玩文字游戏的城市。

第一次去无锡是小学四年级，大背景是这一年国家将升学从寒假改到暑假里来了，我们好像要多读半年书，就是本来按理说我们要升五年级了，现在还要再读半年四年级。但是学校里四年级的课已经上完了呀，所以这个半年举办的活动多了起来，去无锡就是其中的一项吧。

学校的说法是为写作文去的，大家参观了太湖边的鼋头渚、锡惠公园，还有梅园。当时有一个同学说梅花其实也不一定有什么傲霜斗雪的想法，它可能比较适合在冬天生长，它要是生在夏天，我们又能说些什么呢？老师讲评的时候说这个同学的思想意识有问题。

我一直有一个念头，就是用小学生作文编印一本导游书，也可以请他们配一些插图，这肯定是很有趣的。

苏州到无锡只有半小时的路程，苏州人眼里的无锡，基本上不能算是外地，好比阿姨或者小叔子，他们是亲戚，但感觉上和家属差不多吧。虽说是离得比较近，也不是有事没事老去的那种，还是这个比方，你老往阿姨家跑，不是很无聊吗？

现在苏州的大街小巷里，无锡馄饨、无锡小笼的点心店开出来不少，其实滋味是不能和无锡当地相提并论的，这一点和南京盐水鸭仿佛。南京的大餐馆小饭店也不是都能把菜烧好的，但一道盐水鸭是没话说的。大江南北不少地方，也有做盐水鸭的，甚至也有南京人的铺子，味道就是不及南京本地的。

我有一次无所事事，去无锡，就是与无锡馄饨、无锡小笼有关了，说白了我突然很想吃这两样点心，是一种“别来忽忆君”的感觉吧。专门乘了火车去吃馄饨和小笼，好像有点大动干戈了，但后来我又一想，人家一男一女两地分居，为了见上一面，不也是火车汽车地赶过来赶过去的吗？按说当地异性满街都是，为什么非要赶这么远的路去见这个人呢，道理不是一样的吗？当然我和馄饨、小笼不是恋人，馄饨、小笼也不会打着车到我餐桌上来吧。

吃完了馄饨、小笼之后，时间还早，我就打电话约一位无锡的朋友喝茶。

朋友见到我的时候很惊讶，问了两三次“你怎么来了”。我说我就是来吃馄饨和小笼的，俗话说“酒香不怕巷子深”，你们的馄饨、小笼做得好，这也是筑巢引凤啊。朋友似乎还没有反应过来，硬要请我吃饭，我只好再说一次，我已经吃过了，吃了馄饨、小笼，我就是为吃这个来的。朋友终于明白过来，我们找了个地方，

咏春

（清）丘逢甲

古洞云深锁百花，香泉飞饮万人家。
春风吹出越溪女，来摘山中待诏茶。

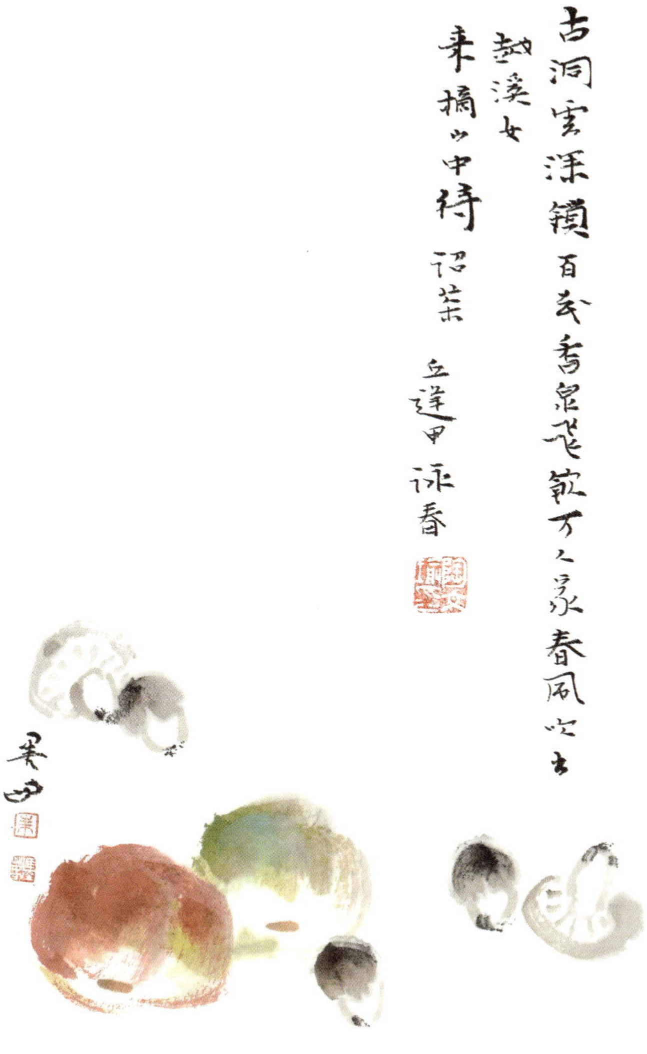
古洞云深锁百花香泉飞溅万人家春风吹去
越溪女
来摘山中待诏茶
丘逢甲 咏春

喝茶聊天，说说人事的张三李四，说说文章的起承转合，直到天色有点晚了，我起身要回苏州，朋友就送了我两听太湖翠竹。

太湖翠竹的香气还是比较重的，喝起来也爽口，最好的状态是饭后喝一点，将酒足饭饱冲淡一些，然后换上另外口味的茶，能够更加充分地体会。

湖州

我是因为想到陆羽才去湖州的。

陆羽是《茶经》的作者，《茶经》说的是茶叶的原产地和特征，自然环境和茶叶品质的联系，茶叶加工的工具和方法，茶叶的鉴别，烧茶泡茶的器皿和方式，水的等第和喝茶方式的发展沿革，等等，是集大成的归纳和总结，也是独出心裁的发明和提高。

说起陆羽在湖州的事情，就要提到颜真卿了。颜真卿是陆羽的好朋友，陆羽寓居湖州的时候，曾经在湖州妙喜寺的旁边建造了一座茶亭，颜真卿的书法当时已经很有名了，而且他不仅是湖州的地方官，还是陆羽很投机的朋友，所以陆羽自然要请颜真卿为这座茶亭题名。这一天正好是癸年癸月癸日，颜真卿就写下了“三癸亭”这三个大字。

其他一些时间里，颜真卿经常约了当地的文人墨客，去青山绿水间品茗吟诗。许多人聚在一起喝茶，这似乎有点茶馆的意思了，只是喝茶的地方，是没有围墙的茶馆吧。喝得兴起了，大家就玩联句的游戏。

“泛花邀坐客，代饮引情言。醒酒宜华席，留僧想独园。不须攀月桂，何假树庭萱。御史秋风劲，尚书北斗尊。流华净肌骨，疏瀹涤心原。不似春醪醉，何辞绿菽繁。素瓷传静夜，芳气满闲轩。”这首诗的名字叫作《五言月下啜茶联句》，它的作者是陆士修、张荐、李萼、崔万、颜真卿、皎然，按照接龙的形式一人两句地写下来，最后两句的作者还是陆士修。陆士修是当时的嘉兴县尉，加入颜真卿的活动并兴致勃勃地写诗，应该是一位性情中人的县领导了。

湖州的风景名胜是西塞山，这里也有一段与颜真卿有关的往事。

说到张继的《枫桥夜泊》，就要说到寒山寺，寒山寺仿佛就是长在唐诗里的一座寺院。反过来说到寒山寺，也必定会提到张继的《枫桥夜泊》，《枫桥夜泊》是长在寒山寺里的一棵树，是点在寒山寺里的一盏灯。

湖州的西塞山，也是一片长在唐诗里的风景。因为张志和的《渔歌子》，大家就记住了西塞山这个名字，天南海北的人，不一定都知道湖州，但说起西塞山，好像就是自己的亲戚朋友了。和寒山寺一样，西塞山是因诗而著名的风景。

《枫桥夜泊》起眼的是钟声，寒山寺其实是一道背景，《渔歌子》说的是西塞山，渔夫似乎也是虚晃一枪。张继与张志和的招式，几乎有点同门师兄弟的味道。《渔歌子》一诗的反响以及享受的待遇，也和《枫桥夜泊》如出一辙，它们一起生在唐朝，一起流芳百世，还一起漂洋过海，写进了日本小学教科书。

张志和得到过一些功名，也担任过一定职务，但生性散淡，比较闲云野鹤，最后干脆把游山玩水的采风，当成工作去做了。张志和来到湖州的时候，太守颜真卿丢下手头的工作，亲自来到府署门前的骆驼桥畔迎接。彼此说了些“久仰”“幸会”之类的客套话以后，颜真卿就要张志和下船去政府招待所，替张志和接风洗尘的酒已经摆好了，颜真卿也做好了欢聚一堂的打算，谁知道张志和答复说：“倘惠渔舟，愿以浮家泛宅沿溯江湖之上，往来苕雪之间，野夫之幸矣。”

这句话的意思是，我也不要吃吃喝喝酒足饭饱，让我坐着船在湖州山水中东走走西走走，这才是我十分开心的事情呢。“浮家泛宅”就是坐着船四海为家。

颜真卿毕竟也是文人，比较领会张志和的心思，就由着张志和掉过船头，向着西塞山而去。

“西塞山前白鹭飞，桃花流水鳜鱼肥。青箬笠，绿蓑衣，斜风细雨不须归。”这就是张志和的《渔歌子》。《渔歌子》一流传开，大家全是赞不绝口，拍案叫绝。《新唐书·隐逸传》中说道：“真卿与陆鸿渐、徐士衡、李成矩共和二十五首，递相夸赏。”

从前的文人，主要的交流形式就是一唱一和，和是一种情义，也是一种欣赏。大家司空见惯的风景，你写出一种陌生来，就是新意；大家熟视无睹的事情，你写出一种别致来，就是才华。

这些全是当年的事情了。我去湖州的时候，朋友为了营造出一些唐朝的感觉，特地备了一条小船，从湖州城里出发，一路飘飘荡荡地往西塞山而去，这样的行程，基本上就是按照《渔歌子》来安排的。但一路过去直到西塞山，已经不是无限风光的山水了，或许四周有变化，从前已经一去不复返了，或许从前就是这个样子，其实真正的风景，就在张志和心里。

雨花茶

雨花茶不是历史悠久的名茶，它是一九五八年才创立的，取这样的名字，就是纪念雨花台革命先烈的意思。

我去南京时差不多已经快要长大成人了。

我上小学的时候，刚好南京长江大桥造起来了，数百里之外的苏州，也锣鼓喧天地热闹过好一阵子。学校里布置了关于长江大桥的图画作业，因为蜡笔本身就比较笨拙，再加上桥面上开汽车，桥中间开火车，桥下面的水上还有轮船经过，这样画出来的图画，长和高几乎是差不多的，这说明了我当时虽然缺乏想象力和艺术感觉，但毕竟是一个一是一、二是二的人。

真正往心里去的风景是秦淮河。这个念想是怎么生出来的，已经记不得了，反正不是读了俞平伯和朱自清的文字，他们的文字只是加强了心里的念想。这样的念想，主要还是风花雪月的成分要多一点。后来我第一次去南京出差，下了火车就去夫子庙，看到的却是一副集贸市场的样子，真是有点哭笑不得，我记得当时还有一个手里提着领带的小贩，一个劲地问我要不要领带。小贩问，要不要领带，十元三条。我要那么多领带干什么呢？真是的。

有一阵我一直要去南京出差，是将编好的稿子送给出版社终审，稿子是校园文学的内容，每一回去需要两到三天，住在出版社的招待所里。靠在招待所边上的是一家点心店，这一家点心店除了对外供应点心，其他的和一般人家几乎一式一样了，桌子可能就是他们吃一日三餐的桌子，炉子也是他们自己烧饭的炉子，进去之后坐下来，几乎就是他们家的亲戚了。

点心店的生意很清淡，点心只有面条和馄饨，滋味不能说很好，但看上去很干净。点心店的主人是一个七十开外的老头和一个二十左右的女孩。老头指挥女孩干一些事情，对客人却十分热情开朗；女孩一直是细声细气的样子。老头应该是祖父吧，女孩就是孙女了，老太可能不在了，女孩的父母可能早出晚归上班，或者就是在外地工作的。这是多好的一家人啊！我当时也是青春年少，心里想着在这家人家多待一会儿，或者将来有可能我们单位在南京建立一个办事处，我就要到南京办事处工作，生活真是太美好了！

后来去的次数多了，老头和我的话也多了。有一次老头在我吃馄饨或者面条的时候问三问四地说，哪儿人呀，做什么工作呀，今年多大了呀，这使我觉得八字几乎是有一撇了。但是老头紧接着说道，他自己已经七十六岁了，有五个儿子，他和最小的孙子一起过，那个女孩就是孙媳妇。

我在出门的时候莫名其妙地对那个女孩生起气来了，明明是孙媳妇，还要装得像孙女的样子，多不好啊。

再去南京时，我又去了一两次那家点心店，还是老头和女孩在那里张罗，我只是填饱肚子，那样的感觉却一点也没有了。

关于南京还有一件值得记录的事情。我的同学季海跃当年毕业分配去了省武警部队，他是学财务的，但一开始在监狱里实习。这一天正赶上风雨交加，一个犯人企图越狱逃跑，季海跃在警告无效的情况下毅然举起了手枪并打中了犯人的屁股。这一枪使他荣立了三等功，并在人生的道路上，完成了一个白面书生到武警战士的转变。

还是回到雨花茶上来。最初的雨花茶，就是在我这个同学那儿喝到的。那一次出差坐的是傍晚的火车，到南京已经很晚了，找到住的地方，房间里却没有茶叶，出门找了几家小店，也没有茶叶出售，南京人喝茶似乎远不及苏州人瘾大。一边是升上来的茶瘾，一边是人生地不熟的街头，我想到了毕业之后分配在南京边防检查站的同学，就给他打电话，我说我到南京了，你来看看我，再带一点茶叶来，一定要带，哪怕你不来，茶叶也要来看我的。

这时候已经是晚上十点多了。

从前之古人有的是时间，不少人主要之工作就是喝茶。他们一边喝茶一边想着怎么更好地喝茶，所以有了饮茶七忌十三宜等等。

從前之古人有的是時間不少人主要之工作就是喝茶
他們一邊喝茶一邊想着怎么更好地喝茶所以
有了飲茶七忌十三宜等等

西湖龙井

沿着西湖随便走走，就能见到茶馆。因为西湖和龙井，杭州的茶馆开得简直有点理直气壮了。西湖和龙井，好像就是为了开茶馆而生出来的，杭州人要是不开茶馆，好像就是对不起西湖对不起龙井了。同样的道理，西湖的边上不开茶馆，西湖肯定是没有主心骨似的失魂落魄，龙井不生长在拥有西湖的杭州，也会少去许多滋味和颜色吧。

《茶经》说：“钱塘生天竺、灵隐二寺。”

这是一千多年前的事情了。一千多年前，在杭州担任太守的白居易带人疏浚西湖，将挖出的淤泥筑堤，收工以后，就泡上一杯龙井茶。这是唐朝的诗意生活。

西湖龙井中，最著名的就是狮峰龙井，狮峰龙井的传说，和乾隆有关。

乾隆是一个很有情趣的皇帝，所以我们可以想象，乾隆一次次地下江南不是视察工作，就是游山玩水和吃喝玩乐。

乾隆又到杭州的时候，正好是阳春三月。乾隆来到狮峰山下胡公庙前的茶地里，和大家一起采茶，大家就微笑地看着他。他一副心情很好的样子，从一株一株茶树前走过，然后随意地采下几片茶叶来说，朕想的是与民同乐。

大家跟在后面数数字，一圈走下来，大家说，正好是十八棵，乾隆哈哈一笑说，朕就封它们为御茶吧。于是这十八棵树被称为“十八棵御茶树”。

其实这些树在乾隆采摘之前一向清气袭人，被皇帝碰了以后，也没有成为特别的金枝玉叶。但这一个故事却是让种茶采茶的乡亲们数百年来心情愉快，所以关于龙井的故事源源不断，回味久远。

形状扁平挺直，大小长短匀齐，色泽翠绿，鲜艳有光，香气清新高爽，滋味甘甜。冲泡在玻璃杯中，茶叶嫩匀成朵，一旗一枪，交错相映，茶汤清碧，悦目动人。

这是优质龙井标志性的式样，这样的龙井，我曾经意外地得到过一些。

范老是原来吴县的老干部，范老离休不久，吴县也分成两个区划入苏州市了，但行政区划的变化似乎和范老无关。范老喜欢下围棋，他的心里全是棋。有一次我去范老那儿下棋，见到桌子上放着几只小罐子，我就问范老是不是茶叶。范老说不去提它了，一个台湾人请他吃饭，完了送他这些茶叶，还说是龙井，一点也不好喝。

我打开一罐，一股很沉的香气扑鼻而来，这是好龙井啊！范老一定是担任了几十年吴县的领导干部，碧螺春喝习惯了，喝其他茶就不适应了。

我就假惺惺地说，也真是，一定是台湾贩水产的，这样的茶叶也拿来送人，还是我带去吧，我带单位去，上班替你喝了吧。

范老很乐意地答应了，因为是好几只小罐子，他还张罗着去找袋子来，替我装好。

我提着一袋子龙井回家，一路上暗暗对它们说，你们受委屈了，跟我回家吧，我会好好待你们的啊。

海上花

海上花是一个现成的名字，用在这里，说的不是花朵，而是花絮的意思。

提起上海来，真的不好意思，我在小学三年级之前，一直以为自己是上海人。说起来上海人也不能享受什么特别的待遇，但因为当时我们使用的日常用品，比如缝纫机、自行车什么的，都是上海货，或者说上海产品在同类产品中比较有名气吧，所以心里总觉得有点优越感和荣誉感。

我为什么觉得自己是上海人呢？因为我父亲在苏州火车站工作，苏州火车站属于上海铁路局，火车站的职工子弟，要生个病什么的，就要到上海的医院里去。其他同学是两节课后家长推着自行车上医院的，我是一大早由家长带着乘着火车去的。直到四年级之后，我才渐渐明白过来，我其实不是上海人，我父亲也是土生土长的苏州人，他只是在火车站工作，而这个单位偏巧归上海的一个部门管理，丁是丁卯是卯，我和上海的关系，充其量也就是远房亲戚吧。

这期间我随父亲去看过一回牙齿，检查过一次视力，并去过一次西郊公园，去过一次老城隍庙。还有一次是去看父亲的一位朋友，这也是我第一次坐电车，还走过好几条弄堂，弄堂的口子上有一家小店，小店里有一部公用电话。上点年纪的上海人，一半坐在小店里，一边摇着扇子，一边在听半导体；一半在小店外买东西，或者提着买好的东西，回头朝弄堂里面的家走去。

之后的好多年，就是上中学的时候，我一直没有到上海去过。只是我在铁路中学读书，铁路中学的不少老师是上海人，比如教我物理的戴老师，教我语文的魏老师，教我外语的孙老师。孙老师是我们班主任，每天都要布置外语背诵的作业，谁完不成就留下来，直到背出来才放人，但一般情况下周末要相对宽松一点，因为周末家在上海的老师都要回去。当时我们自觉性也差，不明白老师这样是真心地为我们好，所以对星期五的作业相对很放松，因为星期六老师要回去，他们乘火车回上海，火车不等人，他们对大家的要求就不那么严格了。所以当初我们已经有了一点双休日的意思了。

后来铁路中学解散了，不少老师也调回上海去工作了，有的早就退休了，比如戴老师，他退休后还到苏州来看看从前的学生，主要是当时的班干部，我不在其列，这也是从别人那里听来的，对我而言说起往事还是怀念的，毕竟师恩难忘记。

现在我和上海的联系比较多，来往的机会也多，也看到了不少有关上海的资料。其中有一条是当时不少苏州的文化人，都是在上海生活、工作的，比如周瘦鹃，他在上海办报刊，搞得红红火火的。

我是为了写茶而提到上海的，而茶却怎么也插不进去。上海是夸夸其谈的发言者，茶是插不上话的与会代表，而我更像是一个开座谈会的主持人。好的主持人能恰到好处地打断一些发言，又能不露声色地提起一些话题，而不动脑子的做法，直截了当地说到茶上就是了。

清朝人陆廷灿的《续茶经》中提到："松郡佘山亦有茶，与天池无异，故采造不如。"松郡佘山说的是上海松江一个名叫佘山的地区，说明了上海也产茶叶的，只不过上海产的茶叶不怎么有名，大家也没太听说过。上海出名的是茶馆。

上海是一座比较新兴的城市，也是一座飞奔着向前日新月异的城市，日新月异就是来不及留下一些从前故事的痕迹，新的篇章就又开始了。

也许是大海带来的宽广吧，上海是一个非常善于兼收并蓄的城市，以至于还没等到缓过气来过滤和思考，别人已经在这里生根发芽开花结果了，所以上海是五光十色的上海，上海的茶馆也是五花八门的茶馆。五花八门是因为各式各样的人到上海来了，他们又开出来了各式各样的茶馆。江浙风味的有，南国风情的也有。当年的同芳居是小有名气的广州茶馆，南社的苏曼殊是广东人，在异地他乡的上海，见到了同芳居，感觉就像见到了失散多年的亲人，也像是回到老家一样。苏曼殊特别偏爱吃甜食，同芳居有一种名叫“摩尔登”的进口糖果，苏曼殊情有独钟，每次喝完茶离开的时候，他总是要带上好几瓶去。现在，这一种糖果早已经改进了，滋味也是面目全非了，而原来吃糖果的人，也已经走出去很远很远了。

“在这个古老的茶馆中，我们不难会见一两个有学问有身份的中国人，他们一面喝着香茗，一面神游故国，追念着这古老中国的过去的光荣，一面向往着凤凰的再生。”

这是外国人爱狄密勒在《上海——冒险家的乐园》一书中的文字。爱狄密勒还说：“我们一人叫了一碗花露茶。这古老的茶馆真有一些古色古香。茶的名称既叫得这样稀奇，盛茶的杯子更格外来得特别。奇形怪状的杯子上刻画着奇形怪状的花纹，偻背的老头子靠着跷脚的鹿，弯弯曲曲的花衬着点点画画的字。我原本是不识货的，后来听人告诉我，杯子上的字是‘大富贵亦寿考’和‘三星高照，五福临门’。好彩头。”

鸿福楼、一洞庭湖天、五福楼、江海朝宗一笑楼、五云日升楼、龙泉楼、三元同庆楼、一壶春、一林春、凤来阁、万福楼、鹏飞白云楼、一春台、得意楼、太阳日月楼、四海萍萃楼、锦福楼、万祥春、九皋鹤鸣楼、群芳花萼楼、四海心平楼、金波玉泉楼、碧露春、乾元品春楼、西园、三万昌、仪园、顺风楼、留园、四海升平楼、青莲阁、五层楼、万华楼、沪江第一楼、乐也逍遥楼、长春楼、秋月楼、玉龙台、四海鹤扬楼、金凤阁、渭仙楼、西新楼、海上德星楼、月华楼、德兴楼、玉楼春、风生一啸楼、风月楼、满庭芳、凤鸣楼、怡新楼、四海鸿运楼、龙园、祥春楼、锦绣万花楼、百花楼、万宝楼、德园、宝元楼、爱吾庐、同芳居、怡春居、玉壶春、潮阳楼。

这些全是当时茶馆的名字，合在一起有点像流水账，也有点像绕口令。这是陈无我在《老上海三十年见闻录》中罗列出来的一家一家茶馆，现在，这些茶馆也已经烟消云散了。从前的岁月是一只茶杯，从前的文字就是泡在杯中的茶叶。

九日与陆处士羽饮茶

（唐）皎然

九日山僧院，东篱菊也黄。

俗人多泛酒，谁解助茶香。

九日山僧院東籬菊花黃俗人多泛酒誰解
助茶香 皎然九日與陸處士羽飲茶

茅山青峰

茅山青峰是常州金坛一带的茶叶，茅山青峰就是清，清到什么也没有，泡开之后的香气也很远，远到不食人间烟火的天高云淡。

茅山青峰是近些年开发出来的名茶，茶叶是君山银针的造型，据说这样的造型慈禧比较偏爱，到现在这款茶叶也是更适合年轻人和女士。

茅山青峰是从福建一带引进的茶树，当地的茶树是另外的样子，这一点我比较有发言权，因为我老家就是金坛，老家的堂叔不久之前还找过我，希望我能为家乡茶叶的宣传和销售出一份力。

老家的堂叔有一个很稀罕的名字：碗小。

我爷爷辈上有兄弟六人，估计都是贫苦出身。五个兄弟出来闯荡，去了天南海北的五个地方。老家只留下了堂叔的父亲和老祖宗们。关于老祖宗的故事，堂叔对我讲过一些，那时我年纪小，日子久了也记不得了。

堂叔是民办教师，有一年我回家，他说他双喜临门，一是入党，二是“农转非”成了正式编制的教师。

老家并不算富裕，但盖楼房、买彩电的人家却不少。讲起来堂叔还拿一份不太低的工资，条件该比一般人家好一点，但他却没造楼房也没买彩电，攒下钱供两个儿子读书到高中毕业，这在当地是很少的。堂叔说百年大计教育为本，楼房、平房一样住人。

我与堂叔一直有联系，是因为我爷爷奶奶的坟在老家，二老是带过我的，故而隔几年我总要回去一趟，平日里也有书信往来。堂叔来信头一页总是千篇一律，国家形势如何，有什么大事，这些大事在群众中的反响。农村今年又丰收了，或者虽然遭到天灾，但乡亲们抗灾后还是夺取了丰收，棉花怎样，菜田怎样，讲完这些以后再切入正题。

前一阵堂叔来信说因为在村子里打牌，受到了党内处分，难以抬头见人，心里很不是滋味。我就急忙去信对他说，我党的政策一向是惩前毖后，治病救人。金无足赤，人无完人。你也不能例外，犯错误不怕，改了就好，像你这样的老教师，一向兢兢业业、勤勤恳恳的，党是不会撇下你不管的。过了一阵堂叔又来信了，说我与他们支部书记说的意思差不多，他的心情也好多了。

后来我碰到他，又说起此事，他问，你是不是党员？我说，还不是呢。他说，那你怎么说得这样透彻的？

这是党的基本政策，我全是电视里看来的。我说。

他想了想说，看来买个电视也有好处。

关于堂叔，还有一件事我记忆犹新。有一年春节我回家，一位学生家长带着孩子来给堂叔拜年。孩子考上重点了，这个学生是由皮大王转变过来的，故此家长很感激，送了些烟酒。堂叔却死活不肯收，弄得人家很是尴尬。

我说，你也太死板了。他说，眼下廉政建设，我不能坏了规矩。我说，那是针对领导干部的，你挨不上。

领导都不能拿，我就更不可以了。堂叔说。

再回过头来说茶叶的事情。堂叔开口说起茶叶，似乎和他一向的风格不太一致，我就问堂叔说，你是不是也有下海的活思想了？堂叔说，哪里呀，我的学生是茶厂厂长，我看他忙得很累，就是想帮他一下，他还资助过我们的贫困学生呢。

我说好像老家的茅山青峰很有人气呀。堂叔说，那是另外一家茶厂生产的，一千多元一斤呢，我们的才几十元一斤。

堂叔说的几十元一斤的茶叶我喝过的，是土生土长的本地茶，很有滋味，老茶客欢喜的。

太平猴魁

许多茶叶的名字，很像书画中的闲章，比如太平猴魁。太平猴魁的样子，很直接地让我想到了“粗枝大叶”这个词。当地的谚语说：“猴魁两头尖，不散不翘不卷边。”这样大大咧咧无拘无束的绿茶，实在是很有个性。

说起太平猴魁，就要提到徽州，提到徽州，就想起徽州的吃食。臭鳜鱼、毛豆腐、一品锅，等等，徽州菜简直太有地方特色了，为什么这样说呢？因为徽州山重水复，赶路实在不方便，赶了早市买菜，回到家已经是黄昏了，所以因地制宜的吃法就应运而生了。和这样的吃法相适应的味道，就是又辣又咸。臭鳜鱼和毛豆腐好比一件西服，辣和咸就是挂在这件西服脖子上的领带。这一点我不是太适应，我是比较纯正的苏州口味，辣是一点都不碰的。这好比涉外婚姻，有些人习惯，日子也过得有板有眼；有的人豁出去之后，坐着飞机千里迢迢地赶到国外，白天晚上全是一派陌生，真是欲哭无泪啊。

每天夜里，我要等到十二点之后，去街上吃一碗小馄饨，然后就觉得踏实了，再回去睡觉。

我是为一家电视台写关于徽州的文字而去徽州的，记的全是和徽州从前的春风得意有关。这样的文字，是一个轻灵飘逸的文人和满腹经纶的学者在侃侃而谈。对于徽州，我几乎有点一问三不知的感觉，但形成的文字，却是一副什么都懂什么都知道的样子。

我就想象着从前的徽州在现在的风景里走来走去，好几回觉得很有难度，我要对着老态龙钟的女人，描绘她妙龄少女时如花似玉的情态，这是要有耐心和心情的工作啊。

当然也能遇上一些意外的感动。徽州从前有个说法是“程朱阙里，不废诵读”，到后来忙出忙进七弄八弄的，诵读的风气就淡下去了。我在走过一个不起眼的旧村落时，看到村口的墙面上，一些用很规范的楷书写就的识字歌依稀可辨。识字歌是一些朗朗上口的常用词，想来是新中国成立初期人民政府发动扫盲时留下的痕迹，字里行间的之乎者也，斑驳成了墙上的一点一画。反过来程朱学说也应该是从识字歌开始启蒙的，这叫我说什么好呢。

不久以后拍摄开始了，有一个深山里的古村落，剧组进不去，村子里连夜推倒了几间路边的房子，然后开出一条路来。

剧组准备拍摄的是傩舞，偏偏会跳这个舞的老头死活不愿意，说是住在他家隔壁的邻居不让他跳，不吉利，他在几十年前跳了一次，邻居曾经把他狠狠揍了一顿，然后大家都很不开心，他也一直没有再跳过这个舞。村领导说，这一回你跳就是了，村里面给你做主。

拍摄的当天正好赶上采茶的日子，村领导说，今天不用去采茶了，学校里也停课，大家都到祠堂里去看戏。

我离开徽州的时候，正赶上民工们出门打工。火车已经超载了，经过绩溪的时候就象征性地停了一下，车门也没有打开，站台上黑压压的民工一片失望。

从前的徽州还有一句俗语是“十三四岁，往外一丢”，往外一丢就是出门打工的意思吧，因为地少人多，出门打工的习俗保留至今。

绩溪我没有去，这是胡适的家乡。

其实我喝过的茶叶还有好多，就像我听过的地方戏还有不少，但有的根本听不懂，有的也没听出什么特别的味道，还有的体会是有的，但不过是片言只语，还没开头，就已经结束了。喜欢说话又比较啰唆的人，遇上这些话情愿沉默，他们从不干这样的蠢事，我也是。

茶馆是一部风吹哪页看哪页的书，随意翻开一页就是一段娓娓道来的故事，就是一个时说时新的话题。

茶籠是一部風吹哪頁看那頁的書隨意
翻开一頁就是一段娓娓道来的故事一就是
一個時說時新的話題

茶馆演义

茶和茶馆是两回事，就好比饭和饭店也是两回事一样，三菜一汤是家常便饭，说到冷盆热炒，就是上饭店了。开门七件事，柴米油盐酱醋茶，说明茶是很日常的。但茶馆的色彩就比较丰富了，也可以说茶是包含在茶馆内的，茶是净重，茶馆是毛重。

汪曾祺说：“我对茶实在是个外行，茶是喝的，而且喝得很勤，一天换三次叶子。每天起来第一件事，便是坐水，沏茶。但是毫不讲究，对茶叶不挑剔，青茶、绿茶、花茶、红茶、沱茶、乌龙茶，但有便喝。”

从不挑剔和但有便喝相对说来是很随意的。茶本来就简单，再加上随意，就有点大俗大雅的意思了。反过来讲，也许就是因为茶简单了，才可以深入浅出，才能大俗大雅。越简单越是不能追根穷源，越简单也越能体现出其中的深奥，就像是围棋，黑白两种棋子，在方格的棋盘上围地，谁围得大谁赢，一句话能将棋具和比赛的方式全说清楚，却一辈子都不一定能下成高手。老和尚问参悟的人，从前来过寺院没有？那人说，没有。老和尚说，喝茶去。老和尚又问另一个前来参悟的人，从前来过没有？另一个人说，来过的。老和尚说，喝茶去。小和尚问道，来过的和没有来过的，为什么一样是喝茶去？老和尚说，喝茶去。好像茶是茶以外的所有一切，其实茶就是茶，这是关于茶的简单和深奥。

包括在茶馆里面的茶显得这样头头是道，按理说茶馆更是不能等闲视之了。但事实又正好相反，这也应验了越是丰富的东西，越是能够删繁就简。

茶馆是一间房子，茶水是茶和水，茶和水是茶馆里的一对夫妻，其他地上放的桌子椅子，桌上摆的茶壶、茶杯、象棋、围棋，墙上贴的书法绘画，这一些全是茶水的孩子。走进茶馆里来的，极少有几个是冲着茶水来的，他们上茶馆里喝茶，俗话叫“泡茶馆”和“孵茶馆”，泡和孵是一种消磨，年纪一点点添上去，火气一点点降下来，茶一点点淡下去，时间一点点流过去。这样的工作，其实在家里也能完成，只是老婆在，有点儿矜持，孩子在，不能太不严肃，在茶馆里的姿态要放松些，言谈里的天南海北，也可以不负责任不着边际一些。更多的一些人到茶馆里去，全不在意茶馆里有什么，茶馆里有什么也是过眼烟云、身外之物，他们在意的是自己和自己正在进行的故事。

老朋友重逢，茶馆是从前的记忆。多少楼台烟雨中，一杯清茶是喋喋不休和欲说还休，是老故事的添砖加瓦，是老朋友的锦上添花。新朋友聚会，茶馆是曲径通幽，相逢何必曾相识，一杯清茶的这一口是陌路，一杯清茶的那一口也许就是知己了。生意谈成了，茶馆是一纸合同，这是互惠互利，是你好我好大家好。生意谈不成，茶馆是来日方长，有一点遗憾，但是买卖不成人情在。

少男少女的眼里，茶馆是媒妁之言；行会组织的眼里，茶馆是求大同存小异；公子少爷的眼里，茶馆是吃喝玩乐；吃讲茶的眼里，茶馆是评判是非；唱戏的眼里，茶馆是花雨弥漫；贩夫走卒的眼里，茶馆是生活的来源；达官贵人的眼里，茶馆是脚下的仕途。三教九流眼里，茶馆是五花八门的天地；七老八十的眼里，茶馆是岁月里一个永恒的码头。

一路排比下来，有点过足文字瘾的感觉，回过头来看看，却还是没有将茶馆说清说透。为什么呢，实在是因为茶馆是一部风吹哪页读哪页的书，随便翻开一页，就是一段娓娓道来的故事，就是一个常说常新的话题。

茶馆是窗外的大千世界，也是桌上的一方地图，就这么回事吧。

从头说起

传说神农氏“尝百草之滋味，水泉之甘苦，令民知所避就。当此之时，一日而遇七十毒”，最终“得茶而解”。这一段话的意思有两层，第一层说远古时期就有了茶叶，第二层说神农全凭了茶叶才得以百毒不侵和化险为夷，因此茶叶是有一定的药用功能的。但茶叶肯定不是药物，我们约在一起常说大家去喝茶吧，却没有听说过大家约好了一起去吃药。

春秋战国时期，《晏子春秋》中记载说齐国宰相晏子过着相对简朴的生活，一日三餐除了几样荤菜之外，还有一道素菜就是茶叶。茶叶当菜吃是要放作料的，而且主要的功能是“下饭”或者叫“过饭”，可见茶叶一步一步走到今天，也有过不少出人意料的遭遇。

直到现在，还有云南一带的少数民族，保留着晏子的这种吃法，他们将刚摘下来的新鲜茶叶剁碎了，再放上蒜、姜、辣椒、油、盐、酱、醋，制成凉拌菜之后，打发一日三餐。

茶叶泡成茶水，再把茶水喝淡了将茶叶倒掉，差不多也是从周朝和春秋开始的事情，到了晋朝就基本上明确了这样的一个方法。晋朝郭璞在《尔雅注疏》中说茶叶“可煮作羹饮”，基本上明确了茶叶作为饮料的身份，茶馆也在这个时候应运而生了，也可以说先有茶叶，然后有茶馆，茶馆是茶生的蛋，但是茶馆又像鸡一样有头有脸有五脏六腑，而茶叶却像鸡蛋一样直接和简单。

好比说朋友、弟兄、哥们、知己，说的全是要好的人际关系，茶肆、茶坊、茶室、茶寮、茶亭、茶社指的就是茶馆，是茶馆的另外几种说法。

茶馆的前世或者说最早的茶馆是茶摊。有关茶摊的记载最早出自南北朝的小说《广陵耆老传》，说是东晋元帝时，有一位卖茶的老太沿街叫卖，东奔西走的人路过这里，觉得喝口茶歇歇脚心情会好许多，再进行接下来的工作，也能自然而然地顺当起来，因此茶摊生意兴隆。卖茶老太的非同一般在于身边那一罐茶水怎么舀也舀不完，再多的顾客，茶水依旧是源源不断。她的另一点非同一般是将卖茶得来的钱，尽数分散给了附近的穷人，这样的访贫问苦直截了当，也更能够解决大家的燃眉之急。没有多久官府知道了这件事，对老太很不开心，至少她为群众谋福利使得官府的脸面很不好放了，他们就找了一个借口，将卖茶老太拘留起来。小说的结尾是当天深夜月黑风高，卖茶老太跃上监牢的窗子，双足一点飘然而去。

如果把小说比作井水泡的茶水，神话就是泉水泡的茶水了。《广陵耆老传》是有神话气息的小说，只是在这里《广陵耆老传》是一部怎样的小说不重要了，小说里的老太从哪里来上哪里去，她是仙风道骨还是凡夫俗子也不重要，重要的是这个故事说明了东晋元帝时已经有了茶摊。这样的记载，使茶馆有了源远流长和有案可稽的意思。

茶摊是茶馆的昨夜，茶馆是茶摊的今晨；茶摊是茶馆的前世，茶馆是茶摊的今生；茶摊是茶馆出场前的一通锣鼓家什，茶馆是茶摊歇下气来之后的一次粉墨登场。

差不多就是老太在街头叫卖茶水的这个时期吧，有关茶叶的活动也开始在各方面风起云涌地开展起来了。当时的士大夫和老百姓，在迎来送往待人接物时，茶已经是一个少不了的开场白，而且在活动进行的过程里，茶也一直贯穿其中。

桓温是扬州的一个政府领导，他在接待参观人员和来访客人的时候，就是一杯清茶和七只果盘，这是茶话会的结构，也是清廉节俭的做派，没有吃着大鱼大肉的客人当时怀着一点遗憾，过后却感到了一些新鲜，他们说桓温的饭局是“茶宴”。茶宴是最初和最直接的与茶趣味相投的一种吃喝。

这段故事还应该是“以茶代酒”的一个说明吧。酒一向比较热情奔放，茶从来就是文静温和，理论上它们是不能相互替代的，但在实际操作中，却有意想不到的美妙。以酒代茶的几率相对少一点，这是比较张扬的豪迈，几乎是有点夸张的意思了。心情激动也不能玩命地喝酒呀，劳民伤财不说，还被人笑话，这是很不值得的事情。以茶代酒就有点灵机一动和峰回路转的味道了，彬彬有礼和你推我让的程式都有了，又不伤大雅，还意犹未尽，真是两全其美。

“但用东山谢安石，为君谈笑静胡沙。”这是唐朝诗人李白的句子。另外还有一则故事与谢安有关，说的是这位当时自己组织的淝水之战开火了，还在与别人下棋的八公山下传奇人物。谢安前往吴兴探望太守陆纳，陆纳的侄子安排了宴席款待他，一是出于礼貌，二来也是有一点崇拜之心吧。席间大家谈笑风生，待谢安酒足饭饱出门而去的时候，陆纳就对着自己的侄子板下脸来，拿出夹板打了侄子四十大板，嘴里面还念念有词地说道，不能够为我这个做叔叔的增光添彩，反而还要玷污我一向艰苦朴素的名声，不打你打谁？

侄儿热情好客也是人之常情，备下一桌酒席是替叔叔撑场面，很快地完成说明家里也不是一点酒菜没有。陆纳动了家法，是真的发火了，至少说明在他心里一杯清茶几碟瓜果是至高无上和神圣不可侵犯的。

关于桓温和陆纳的故事全是书里面的记载，其他的老百姓和文人书里面没有说到，他们应该喝着《广陵耆老传》中卖茶老太的茶水，在晋朝的街上走来走去吧。

唐朝的事

如果说晋朝的茶摊是“小荷才露尖尖角”，那么唐朝的茶肆、茶坊就是“映日荷花别样红”了。

“自邹、齐、沧、隶，渐至京邑城市，多开店铺，煎茶卖之，不问道俗，投钱取饮。其茶自江淮而来，舟车相继，所在山积，色额甚多。”这是当时的吏部郎中封演记在《封氏闻见记》中的一段话。这一段话里面，实在是包含了好几层意思，这样的意思是言简意赅的，这样的意思也是有弦外之音的。

言简意赅说的是当时从山东经河北到长安，这一路上全是卖茶的店铺，大家也没有什么来龙去脉好问好说，想要喝茶掏钱就是，一手交钱一手交货。赶在路上的人觉得目的地太遥远了，就将路程分成几个喝茶的段落，走着走着，就遇上了一家喝茶的店铺，要一碗茶，歇一歇脚，再重新上路，坏心情全丢在来时的途中，好心情保持在行走的脚下。

弦外之音是，唐朝车来人往的路上，有不少大大小小的茶馆，因为喝茶的人多，所以生意不错，因为生意不错，所以茶馆越开越多。

言简意赅说的是，经营茶馆的茶叶全是产自南方，因为茶馆的生意红火了，作为配套设施和后勤保障，运输茶叶的行业也变得兴旺发达。茶馆里的茶叶堆得跟小山似的，运输茶叶的车船还在忙活，行人要喝茶，店铺要挣钱，茶叶几乎是皇帝女儿不愁嫁。

弦外之音是，不产茶叶的北方已是蔚然成风，生产茶叶的南方也不是剃头挑子。北方是愿买愿卖，南方也是生意兴隆。路边店是像模像样，市井之中更是有行有市。

为什么偏偏到了唐朝茶馆就雨后春笋般地越冒越多了呢？为什么偏偏是唐朝人有事没事地爱往茶馆里跑了呢？

《封氏闻见记》说：“开元中，泰山灵岩寺有降魔师大兴禅教。学禅务于不寐，又不夕食，皆许其饮茶。人自怀挟，到处煮饮。从此转相仿效，遂成风俗。”

唐朝是大兴佛教的朝代，和尚是言传身教的佛教徒。他不提倡吃晚饭，大家只好饿着肚皮；他大力弘扬茶道，大家就一传十十传百地泡茶喝茶了。所以茶馆的兴起和佛教有关。

唐朝选拔领导干部的制度是科举制。读书人三更灯火五更鸡，哈欠连天，到了考试期间更是精力不济，朝廷就送一些茶水和瓜果去考场，这样一来二去，大家喝茶上了瘾。所以茶馆的兴起和科举有关。

唐朝人最擅长和得意的是唐诗。在唐朝，你只要说出李白或者杜甫的名字，就有人伸出手来，将你领回家，把你当一家人看待。“茶引文人思”，唐朝的诗人，多得也是千军万马似的，他们开笔会或者聚在一起，少不了泡茶助兴，这么多的诗人就要泡这么多的茶，大家喝着喝着就习惯成自然了。所以茶馆的兴起和诗歌有关。

也是在唐朝，出现了一位因茶而赫赫有名且与茶息息相关的人物——陆羽。《新唐书》说：“羽嗜茶，著经三篇，言茶之源、之法、之具尤备，天下益知有茶矣。”历史书是文言文，也似乎比较矜持，放在白话时代摊开来说，陆羽和茶叶，相当于鲁班和木工活，相当于王羲之和书法。因此，不少茶馆都在灶头上供奉着陆羽瓷像，遇上生意清淡的日子，就将茶水一遍遍地往陆羽身上浇，这是特殊的香火。

但是与后来的宋朝相比，唐朝还不是茶馆发展最完美最如火如荼的朝代。如果说晋朝的茶摊是“有女初长成”，唐朝的茶馆还只能说是闺阁中的女子，只有到了宋朝，茶馆才开始成为一家之主。

茶馆无非是一间房子，茶和水是房子里之夫妻，其他地上放的桌子椅子，桌上放的茶壶茶杯，全是茶水的孩子。

茶館無非是一間房子茶和水是房子裡之夫妻其它
地上放的桌子椅子桌上放的茶壺茶盃全是之
茶水的孩子

到了宋朝

宋朝好比是一位少妇，是中国历史和文化比较成熟的一个朝代，成熟就有话可说，当时的人发表意见议论朝廷有话要说，后来的人评论和总结宋朝也是有话要说，大家就往茶馆里跑了，至少茶馆是一个有听众的地方。

所以从宋朝开始，茶馆是一张水做的名片。

也就是说，张三李四往茶馆跑，不是为了喝茶，茶是一个由头，是虚晃一枪，喝茶以外的才是正事，才更重要。但是这样的正事和重要好像是一辆汽车，离开了茶这个汽油似乎又有点不知所措了，不知道怎样开始，也就没办法进行，在原地打转，着急也是干着急啊。

应该就是出于这样的考虑，宋朝的茶馆有点有感而发，宋朝的茶馆也有点分门别类，有感而发和分门别类是宋朝茶馆最大的特点。

“京师樊楼畔，有一小茶肆。甚潇洒清洁，皆一品器皿，椅桌皆济楚，故卖茶极盛。”这一家记在《摭青杂记》中的小茶馆，仿佛一篇精美短小的散文，这样清洁的环境、精致的茶具，是宋朝茶馆的一个标志，开茶馆的人在茶馆里挂起名人字画，让茶客觉得书画名家仿佛坐在对桌或者边上，端起茶杯的一瞬间，自然而然地风雅了许多。开茶馆的人在茶馆里插上四时花草，让茶客觉得美丽的大自然近在咫尺，茶馆就在这样的天地里生长，大家就在茶馆里喝茶。

这应该算是一种“诗外功夫”吧，另外一种是唱歌和表演的人走进了茶馆，她们不是来喝茶的，她们是来献艺的，是为了更多的茶客更好更有趣地喝茶。这是艺术氛围，是日常生活的提炼和升华，坐在宋朝茶馆里的茶客，一下子拉近了和艺术的距离，他们觉得其实不是在喝茶，是在“品茗”。

最早开门的茶馆，差不多是五更天时就开始生火烧水。待水开了没一会儿，生意就陆陆续续来了，也有为了喝茶早起的老茶客，更多的是一些小商小贩，若不是为了养家糊口，当然还要多睡一会儿，他们因做生意而喝茶，在喝茶间完成了买卖。

很晚了还灯火通明的，是“花茶馆”和“水茶馆”。“花茶馆”和“水茶馆”是风月场所，飘扬的茶幌其实是卖笑女子的水袖，她们回眸一笑然后半推半就，将“暖风熏得游人醉”刻画得逼真而实在。

“宛在家”“八才子”这一些茶馆是很有书卷气的名字，前来光顾的茶客，也是士大夫和文人墨客，他们有一点踌躇满志，有一点有条不紊，他们觉得自己经历的不是日子而是历史，他们喝的也不是茶水而是文化。

还有一种茶馆，是没有招牌的行业组织的会所，也是人以群分，说起话来是有的放矢，不说话也是心照不宣。俗话说“同行是冤家”，这是说的不喝茶和不一起去茶馆喝茶的同行。

茶是彬彬有礼，茶是心平气和，却偏偏是在宋朝，出现了斗茶这一项活动。“斗茶”的另一个名字叫“茗战”，也是火药味十足，让茶大眼瞪小眼地摩拳擦掌，不是“秀才遇上兵”，而是“秀才去当兵”。

两三个人聚到一起，将各自带的茶叶拿出来，生火烧水，泡好了茶，大家依次品尝，再决出高低，这基本上是斗茶的一个过程。

斗茶是宋朝的一种风气，达官贵人斗，市井平民也斗。因为斗茶，宋朝人在没有硝烟的地方看到了战斗；因为斗茶，宋朝人在平常日子里找到了乐趣。

接下来是元朝了，元朝人不怎么热心开茶馆。元朝最有名的是元曲，后来的人想象元朝，感觉一小半元朝人在写戏，一大半元朝人在看戏。

明清风范

先说明朝吧，明朝是一个喝茶的朝代，明朝也是一个承前启后的朝代，明朝继承的是宋朝，关于茶馆这一点，元朝在明朝眼里，基本上是忽略不计的。明朝人将大街小巷里已经关闭的茶馆开出来，还装修了门面，宋朝的茶馆在明朝发扬光大。明朝的茶馆和宋朝比较是有增无减，历史学家也说这是中国“十六世纪社会风俗画卷”。

“崇祯癸酉，有好事者开茶馆，泉实玉带，茶实兰雪。汤以旋煮，无老汤；器以时涤，无秽器。其火候、汤候亦时有天合之者。”这是明朝的张岱记录在《陶庵梦忆》中的文字。

兰雪是当时一等一的茶叶，玉带是“天下第一泉”，水要当场烧开，现烧现卖，茶杯也洗得干干净净，是一种香汤沐浴的姿态，恭候着茶客的到来。这是明朝茶馆与宋朝茶馆的不同之处，也是明朝茶馆的一个鲜明特点。

原来喝茶的茶盏是黑釉瓷制品，现在换成了白瓷和青花瓷，书上说白瓷是“薄如纸，白如玉，声如磬，明如镜”。这也是明朝茶馆鲜明特点的一个方面。老古话“象牙筷配穷一家人家”，说的是有了一副象牙筷总要配上名贵的碗和汤匙，名贵的碗和汤匙当然是要放在红木桌子上的，红木桌子边上当然是红木椅子，红木桌椅不放在雕梁画栋的房子里难不成放在茅草屋里吗？这样一来二去，一家老小当作家当赔进去还远远不够。

茶馆里的茶叶，应该就是这样的象牙筷。有所不同的是，明朝的茶馆是一户殷实的人家，为了一副象牙筷配这配那之后，一点也没有伤筋动骨的意思。这至少说明明朝是经济发达的朝代，明朝也是比较有情趣的朝代。

明朝茶馆还有一个特点，就是有了说书艺人。在一个相对固定的时间，说书艺人坐到茶馆里，天南海北三皇五帝的故事说开去，是茶馆里的一道风景。

宋朝或者更早一点的朝代，这样的形式也在茶馆里出现过，讲的也是天南海北和三皇五帝，但基本上是历史而不是故事，目的也不是消遣娱乐，似乎是以史为鉴的意思，所以初一看从前的茶馆，还以为是“四书五经”的课堂呢。

茶馆里出现说书，和明朝话本的兴盛有关。话本和诗词比较，明确的规矩要少许多，识几个字，有一些异想天开的念头，只要存了向往文人工作并且把自己当成一个文艺工作者的念头，都能写几笔话本。艺术来自于生活，在当时不论是长篇巨著《金瓶梅》还是短篇力作“三言二拍”，都一而再、再而三地提到了茶与茶馆。而用现在的眼光看，茶馆里的说书，应该是没有文字的话本，话本就是茶馆里的说书。

明朝接下来是清朝。茶馆是一方舞台，清朝的茶馆在格局上和明朝的茶馆相比没有太大的变化，变化的是人，这也跟戏曲差不多，同样是“人艺”的一方舞台，从最初到现在，老舍先生的话剧《茶馆》已经经历了四五代演员的演绎，当年的角儿七老八十了，现在活跃在舞台上的，有一些才刚出校门。

因复辟出名的张勋过生日时，文化名人辜鸿铭送了一副对联：“荷尽已无擎雨盖，菊残犹有傲霜枝。”说的是清朝大势已去，硬要怎么样一是强扭的瓜不甜，二来也太一厢情愿，“擎雨盖”和“傲霜枝”不是写景状物，而指的是清朝人的大帽子和辫子。

清朝人是坐在马上一路马蹄踏踏地进关来的，八旗子弟翻身下马之后，有一点无所事事，革命成功了，一些有功之臣和纨绔子弟全是一副游手好闲的样子，而茶馆刚好提供了一个合情合理的好去处。

“太平父老清闲惯，多在酒楼茶社中。”这是描写当时情形的诗句。当时还有一个名叫杨咪儿的写了一首打油诗，说的也是这一档子事：“胡不拉儿架手头，镶鞋薄底发如油。闲来无事茶棚坐，逢着人儿唤呀丢。”

“胡不拉儿”是一种鸟，托着鸟笼的清朝人是清朝茶馆里的时尚；“呀丢”是他们相互打招呼的口头禅，是逢场作戏，也有一点春风得意。

还是有关当时日常生活的历史资料，《清稗类钞》中说：“京师茶馆，列长案，茶叶与水之资，须分计之；有提壶以往者，可自备茶叶，出钱买水而已。汉人少涉足，八旗人士，虽官至三四品，亦厕身其间，并提鸟笼，曳长裾，就广坐，作茗憩，与圉人走卒杂坐谈话，不以为忤也。然亦绝无权要中人之踪迹。”因为清朝，茶馆里有了特别的姿态；因为茶馆，清朝也有了特别的风景。

应该就是在这个当口，戏曲演出走进了茶馆。茶馆有一种海纳百川的姿态，但对于戏曲而言，走进茶馆里去演出，却是歪打正着。

传说是道光三十年（1850）的事情，这一年皇帝去世了，国家举行国葬，依照从前的规矩是全国三年之内停止一切娱乐活动。戏园里的戏曲当然是在娱乐活动的范畴之内的。名角龙套本来是依仗一招一式一说一唱过日子的，现在不许上台了，活生生地断掉了经济来源，这样度日如年地撑了一阵子，大家实在坚持不下去，七嘴八舌地想出一个办法来，就是将戏园改成茶馆，这样一下子就峰回路转了。为什么呢？因为在茶馆里唱戏是为了喝茶而唱的，你看见戏台上在唱戏，实际上是大家在喝茶，茶是开门七件事之一，算不得娱乐活动。这好比在戏园里喝茶，再怎么样也是为了听戏而喝茶的呀。也是图个过得去，说起来还是换汤不换药。相声大师侯宝林曾经有过一个段子，说的也是这码子事，但应该是在戏园改茶馆之前吧，唱戏的为了生计上街卖红萝卜，红萝卜的红颜色透着喜气呀，无奈之下唱戏的就将布罩子盖在上面，这也是图个说得过去吧。

一笔民国

一笔就是一笔带过。

民国时候的茶馆，基本上是明清茶馆的一种延续。明清茶馆是一张地图，民国差不多就是按图索骥了。有所区别的还是茶客。

清朝的翰林很有面子，知名学者王湘绮得赐翰林时，已经七十开外了，但老先生还是有一些得意的。民国初年的时候，老先生穿着貂褂翎顶到茶馆里去，遇上一位西装革履的新贵。新贵指了指王湘绮的行头说，现在已经改朝换代了，你怎么还是这么一身打扮呢？王湘绮说，改朝换代之后的服装还没有把标准定下来，我和你穿戴的，也都不是汉族人的装束，要不大家就各行其是吧。

正好是一个新旧交替的时代，旧的才走没多远，新的刚到一会儿，经常会冒出来一些奇奇怪怪的人物，让大家摸不着头脑，也有一些不着边际的事情，让大家找不着北。茶馆相对来说是比较稳定的，至少程式是大家驾轻就熟的，这样就有了一些亲切感和安全感，也有一点“躲进小楼成一统”的味道。再一点，茶馆每天都是新的，因为有新消息，而且面广量大，泡在茶馆里也是“秀才不出门，能知天下事”的另外一种形式。

应该说民国的茶馆基本上就是按照这样的格局生存的，直到“一唱雄鸡天下白”——社会主义新中国成立。

新中国成立了，政府号召大家为建设社会主义出力，广大劳动人民也是意气风发跃跃欲试。他们一边东奔西走，一边轻快地哼着歌曲：“社会主义好，社会主义好，社会主义国家人民地位高。”闲下来的时候，他们还是提着搪瓷杯子去茶馆喝茶。这时候的茶馆大多是和老虎灶连在一起的，就地取材，也是比较合理的一条龙买卖。接下来反对“封资修”，像样一点的茶馆全倒闭了，也只有老虎灶里，依旧是生意兴隆。

改革开放以来，大街小巷一下子开了不少茶楼出来。这些茶楼，大部分是古色古香怀旧的情调。日子过得好了，追忆逝水年华不由自主地被提到议事日程上来。另一点，大家的心底里还藏着一种浪漫情怀，这样的浪漫情怀根深蒂固并且生生不息，就是只要给一点阳光就灿烂的意思，因此茶楼顾客盈门。

聪明的生意人内心忍不住地想笑，笑大家像书呆子，表面上却露出崇敬的神情，并且在所谓的文化氛围上进一步使劲。初看是从前的音容笑貌，是从前的言谈举止，但因为大家都没

与元居士青山潭饮茶

（唐）灵一

野泉烟火白云间，坐饮香茶爱此山。
岩下维舟不忍去，青溪流水暮潺潺。

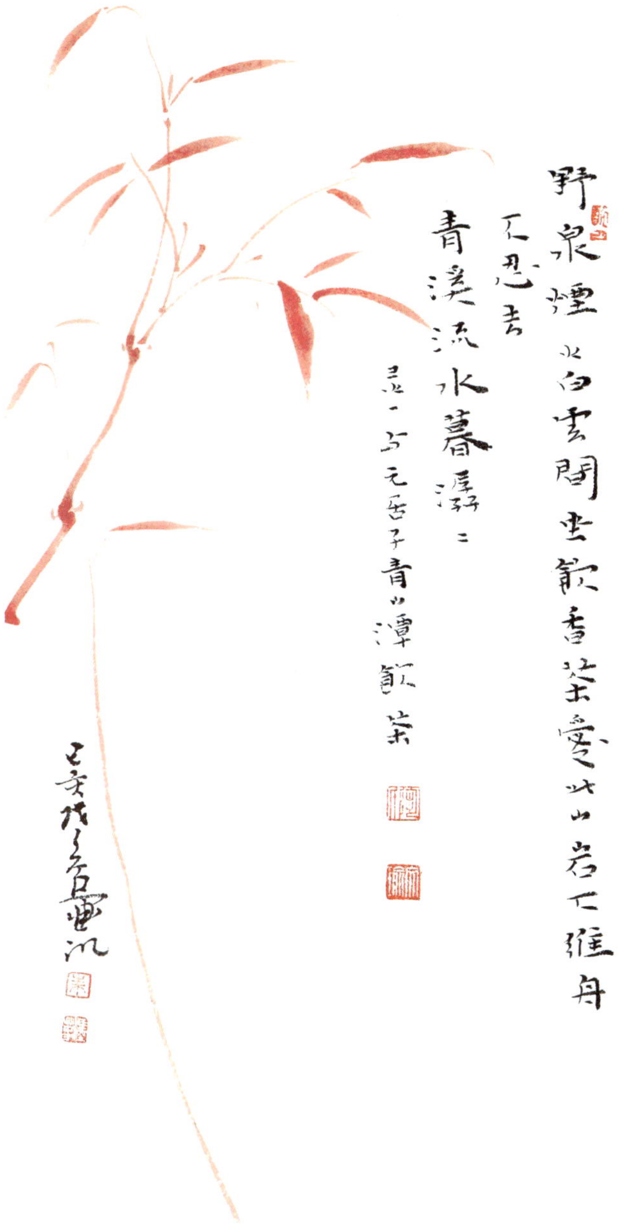

野泉煙火白雲間坐飲香茶愛此山巖下維舟
不忍去青溪流水暮潺潺
靈一與元居士青山潭飲茶

有身临其境，所以想要一点一点地做好，也是要费一番周折的，好比是顾颉刚。顾颉刚从欧洲回来之后，兴致勃勃地前去探望他的老师章太炎，谈起欧洲的见闻，也有一点刹不住车似的夸夸其谈。章先生说，你有曾祖吗？顾颉刚说，当然是有的啦。章先生说，你见过你的曾祖吗？顾颉刚一时说不上话来了。

陶陶居和广州

天南海北的茶，泡在天南海北的水里，就有了南腔北调的滋味。比如广州。

“茶中有饭，饭中有茶”是广州人的谚语，广州人说一日三餐是“三茶二饭”，这一说法无形之中道出了茶在广州人生活中相当高的地位和影响。

广州的茶馆差不多是二十四小时开着的，因为喝茶是广州人从早到晚依次排列的程序中一个不可缺少的环节，而且是一天之内还要重复一回两回的环节。广州是一辆公共汽车，茶馆就是站牌，公共汽车开着开着，就要在站牌前停下来。早茶、下午茶、夜茶，这些全是生在广州的名字，它们和早饭、午饭、晚饭仿佛。广州人像吃饭一样喝茶，像喝茶一样吃饭。

从前广州的茶馆，称为“二厘馆”，“二厘”说的是价格，上茶馆去交上二厘钱，就有了“一盅两件”的享受了，“一盅”说的是茶杯，“两件”是点心。广州的茶馆除了喝茶之外，还备了一些龙凤礼饼之类的点心。三层楼面的茶馆里，做点心的工场一般安置在二楼和三楼之间，端着新出炉的点心，没走几步就是二楼或者三楼了。其实点心和顾客都不差这么几步，这是一种感觉，一种心理安慰。这样的细节都考虑到了，至少说明广州的茶馆真的相当成熟了。

茶馆和酒楼，表面看上去有一点相关，其实丁是丁卯是卯，是两条道上跑的车。首先将茶馆和酒楼混为一体的，是老字号陶陶居。

鲁迅先生在1927年3月18日的日记中记着：“18日，雨。午后，同季市、广平往陶陶居品茗。” 这一节白纸黑字的日记很明确地表达了1927年3月18日这一天，伏案之余的鲁迅先生，带着自己心爱的女人，忙里偷闲地去陶陶居喝茶了。

陶陶居在广州声名赫赫。大凡声名赫赫的店堂，总有两条比较基本的因素：一是店本身的来历，二是经营者的独到之处。陶陶居本身的来历是招牌上的三个大字出自康有为的手笔。据说当年这里是一幢古宅，古宅的主人是康有为的小妾陶陶。老先生在宣传维新倡导变法之余，常常去十一甫大街陶陶那儿坐坐歇歇吃吃喝喝，并且意气风发地为陶陶题字，“陶陶居”应该是其中的一幅。之后戊戌变法失败，老先生流落他乡，陶陶也从此无音无讯了。经过陶陶居的广州人看看书法想想故事，然后抒发一些物是人非的感慨。这样的情形一直延续到民国十一年（1922）。这一年沿街的老房子要拆去了，陶陶居也在其列，大家觉得一幕大戏真正地进入尾声了，有一点留恋，却也只能是一江春水向东流。就在这个当口，陈伯绮站了出来，拿过来陶陶居的名字，有点峰回路转地创办了陶陶居茶楼。

我们现在见到的“陶陶居”三个大字，是放大之后的效果了，落款的地方也没有书写日期，这是陈伯绮在制作店招时去掉的。从前岁月里的一个日子，也是从前故事的一个句号吧。

陶陶居别出心裁的地方是以白云山九龙泉水来招待顾客。茶楼每天派人将九龙泉水运送到山下来，进入城区的时候，再将板车上的泉水装入大红木桶中，然后十几个挑夫用大红扁担挑着，一路由远而近地上陶陶居来，这真是有点招摇过市的意思了。

大红木桶上还有醒目的字迹“陶陶居”或者是“九龙泉水”，这是两个一目了然又言简意赅的名词，将它们化成八仙桌上的清茶，就有了风情和光彩了。

靠在陶陶居的另一座茶楼是莲香楼。莲香楼也是老字号，就在陶陶居的斜对面，按说大家做一样的生意，同行是冤家，但是在广州开茶馆似乎没有抢走生意这一说的。广州人太爱上茶馆了，茶馆有来不及做的生意和做不完的生意，再一点他们的较劲全是在茶馆本身的功夫上，你挖空心思想出一道受欢迎的点心，我就费尽心机想出一道小吃，不断进步就有生机活力，你追我赶就能发挥出更高的水平。

女子茶室和香港

广州是一座喝茶的百年老店，香港就是斜对面的另外一座了，差不多是陶陶居和莲香楼一样意思。关于喝茶，广州和香港是换汤不换药的样子，汤是茶壶茶杯和泡在茶壶茶杯里的茶水，药就是喝茶。其实再细想起来，汤也是八九不离十地差不多，本来靠得就近，再加上不少香港人就是从广州一带过去的，他们可能顾不上将茶壶茶杯和泡在茶壶茶杯里的茶水放在兜里装在包里带过去，却是将喝茶的习惯和风气放在心里带过去了。他们在香港安家的时候，也安上了一座座茶馆；他们在香港立业的时候，也自然而然地想到了和茶有关的生意。

香港的茶馆值得记取的一笔是女子茶室。茶室是规模相对小一点的茶馆，可以说茶馆是茶室的足本，茶室是茶馆的洁本，洁本虽是三言两语，却也言简意赅。

差不多是1910年吧，香港西环一带，一开始是姓陈的母女两个，开出来一家名叫“大姐茶”的茶室，接下来类似于叫“大家闺秀”“名门遗孀”的茶室也应运而生了。

正当女子茶室开得春风得意如火如荼的当口，香港政府出来搅局了，他们觉得女子出来开茶室抛头露面丢人现眼，政府的面子也过不去，还不如统统关掉算了。

走向社会的妇女只好回家歇着，这一歇就是十来年。之后是1925年的省港大罢工，各行各业的工人阶级一下子全部甩手不干了，茶馆里的服务员自然也是放下手里的茶具，喊着口号往大街上去了。茶馆老板眼睁睁地望着烧在锅里的开水，急得有点团团转，情急之下，想出了招女工这个办法，结果是既解了燃眉之急，也使罢工过后的茶馆多出来一道风景，也就是说罢工之后走进茶馆的妇女，顺理成章地留下来了，茶馆的生意又红火起来。

前来喝茶的也有不少闲人，他们有一点风雅，也有一点无聊，他们喝着喝着就把话题落到女招待身上，这个热情那个冷漠，这个漂亮那个粗糙，等等。茶馆也有乘机迎合讨好顾客的心思，也算是一种招揽顾客的手段吧，他们搞起了“茶花”的评选活动，这也是香港最早的选美了吧。

女子开店、女子进店和“茶花”评比，只不过是发生在香港茶馆里的小插曲，年复一年一成不变的，依旧是茶馆和坐在茶馆里喝茶的人。

记在书里的昆明

说到昆明的茶馆就要说到罗养儒。罗养儒是前清的附生，也做过别人的幕僚，他写了一部名叫《云南掌故》的书，这部书全是昆明日常生活的记录。日常生活是事无巨细的零零碎碎，记录是不厌其烦的一笔一画，看上去罗养儒有点闲着也是闲着的意思，其实老先生是乐在其中的有心人。

罗养儒不是研究茶文化的专家学者，但是《云南掌故》里却有比较详尽的关于昆明人上茶馆喝茶的记载。《云南掌故》中说：“昆明的茶铺，最早要数昆明县衙门隔壁的那一家，无字号，开设的年代不详，总之比乾隆年间开的四合园、宜春园早。来喝茶的，多是打官司的人，坐茶馆等待传讯。衙门里差役出来，就对着茶铺高呼‘传某某人’。其次，是四合园、宜春园，这两家是乾隆年间曹姓开设，钱南园书写的招牌。四合园营业时间最长，早晨七八时开铺，晚上十一二时打烊。带讲评书。用锡壶供茶水，三文一人，五文三人，六文五人。每天可卖两吊多钱，折合二两多银子。喝茶的人，早晨主要是大素行，中午、晚上多为卷经会的文人。晚上打烊后，还有一姓金一姓姚的文人至四合园喝茶，已成习惯，铺家还特地为他们煨一壶水在炉上直到天亮，待伙计起来拨火备水迎早市才离开。因此人称‘金半夜’‘姚天亮’，其真实姓名反失传了。”

这里的大素行，说白了就是抬棺材的。卷经会是设在文庙里的一个绅士和文人的组织，没事的时候聚在茶馆里磨磨工夫，遇上科考常常凑出些银子来，资助家境贫寒人家的子弟读书或者赴考，也相当于现在的“希望工程”吧。

金半夜和姚天亮实在有意思。汪曾祺老先生说起在昆明西南联大读书的往事时，也提到过一位十分有个性的茶客，说他是泡茶馆的冠军，有一个时期整天在一家熟识的茶馆里泡着，“他的盥洗用具就放在这家茶馆里。一起来就到茶馆里去洗脸刷牙，然后坐下来，泡一碗茶，吃两个烧饼，看书。一直到中午，起身出去吃午饭。吃了饭，又是一碗茶，直到吃晚饭。晚饭后，又是一碗，直到街上灯火阑珊，才夹着一本很厚的书回宿舍睡觉”。

文人好像怪里怪气的小毛病要多一点，金半夜和姚天亮是个证明，汪曾祺的同学刚好又是一个例子，偏巧他们又多出在昆明，昆明的茶馆一边有一点因为他们而生出来的沾沾自喜，一边也是有理说不清啊。

先说重庆再说成都

和昆明合成一声的南腔是重庆和成都，它们地域离得近，茶馆的形式和内容也大致相同，仿佛亮开嗓子的南腔，喊出来是昆明，落下声去就是重庆和成都了。

抗战时期，“大同”“兰园”“蔚园”“长亭”“百老汇”“一乐也”，等等，都是有名的重庆茶馆。当时，因为比较特殊的历史原因和地理原因，不少重庆的茶馆都是建造在人防工事的进出口的，这是重庆茶馆别开生面的一道风景。表面上看人防工事是冬暖夏凉，泡好一壶茶坐在那儿，真是神来之笔的因地制宜；往实际里想，重庆人还真是有点处乱不惊我行我素的样子。你飞机大炮来了，我抬抬脚就往人防工事里去了；你飞机大炮一走，我伸伸腰就从人防工事中出来了。出来了还是在人防工事口子上的茶馆里喝茶，这时候刚才的茶杯还是热的呢，先喝一口，也算是压压惊，再叫小二过来将茶杯加满。

也是在抗战时期，因为特殊的风风雨雨，重庆的茶馆有一点战战兢兢，当时流传的一曲《茶馆小调》说的就是这么一回事：“诸位先生，生意承关照，国事意见千万少发表。谈起国事容易发牢骚，惹起了麻烦，你我都糟糕。说不定一个命令，你的差事就撤掉，我这小小的茶馆，贴上大封条，撤了你的差事不要紧，还要请你坐监牢。最好是今天天气哈哈哈，喝完茶来回家去睡它一个闷头觉。”

《茶馆小调》里的角色是一位茶馆老板，说的也是将心比心通情达理。茶馆本来是自由散漫的场合，无端端生出这些个拘束来，肯定是扫了喝茶人的兴致。

从前成都人喝茶的风气和重庆人一样，“风”是蔚然成风，“气”是回肠荡气。

首先是地理上的原因。俗话说“蜀道难”，这个难是因为地势七高八低七拐八拐，因此交通也不便利，再加上当时的成都没有什么特别的工业，也就没有什么特别的忙碌，大家觉得闲着也是闲着，还不如坐在一起喝喝茶消磨时光呢。二十世纪二三十年代的时候，外地人跑到成都去，到了下午三四点钟，很明显的感觉就是成都人好像似睡未睡似醒未醒的样子。但是成都人才不会去理会你一个外地人的感觉呢，他们一门心思过自己的日子，一门心思按照自己的想法过日子，就这么回事。

去成都的外地人还发现了眼前的成都真是“三多”：餐馆多，

与赵莒茶宴

（唐）钱起

竹下忘言对紫茶，全胜羽客醉流霞。
尘心洗尽兴难尽，一树蝉声片影斜。

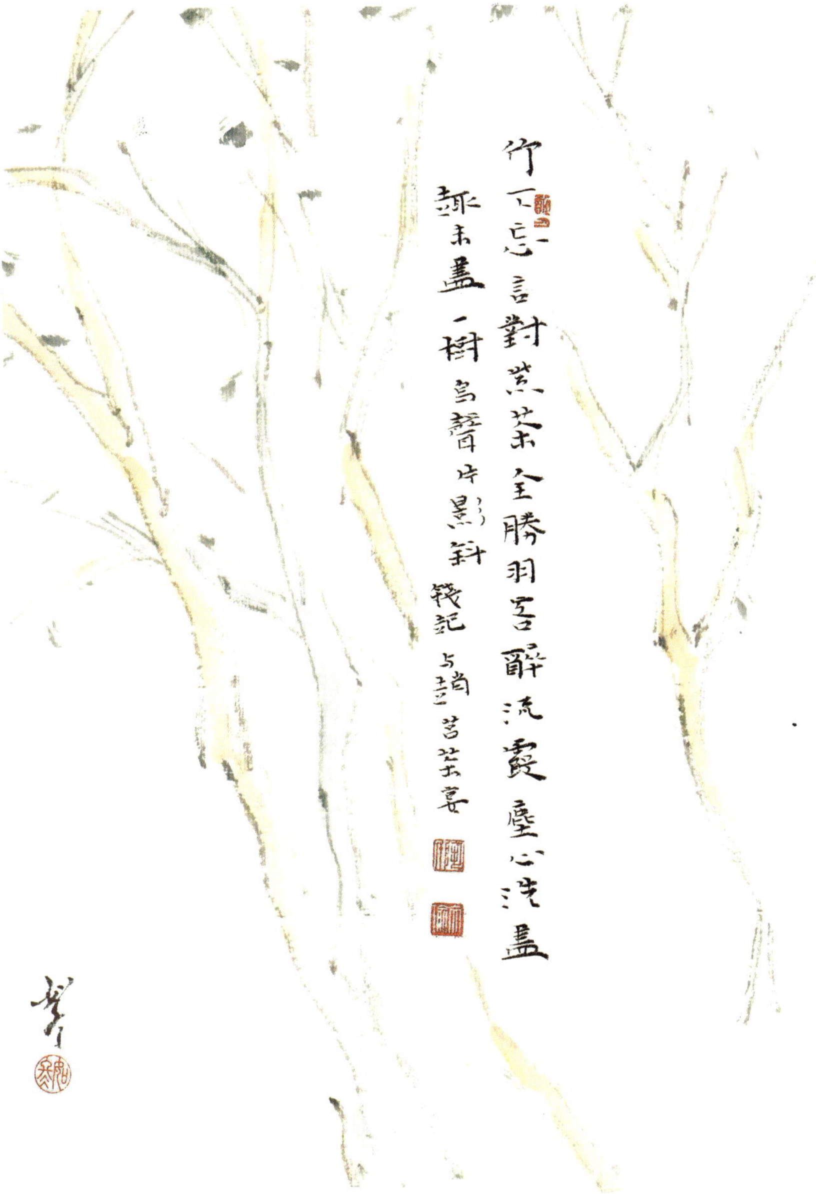
竹下忘言對紫茶全勝羽客醉流霞塵心洗盡
興未盡一樹蟬聲片影斜
錢起
與趙莒茶宴

茶馆多，厕所多。这倒和传闻中的说法基本吻合，但他们几乎是来不及细想一下或者玩味一下，就不由自主或者身不由己地投身到成都人的日常生活中去了。

一日三餐津津有味的人，也是富有生活情趣的人吧。另一点，川菜以辣见长，词组中所谓的“热辣辣”，这一个“热”字是热情和热气腾腾，热情说的是人，热气腾腾指的是菜，合在一起再加上两个“辣”字，光听听也能让人冒出汗来。

对于酒足饭饱的成都人来说，接下来最好的去处就是茶馆了。茶馆是成都人日常生活的一个组成部分，是餐馆的一个延续，成都人踏出餐馆的时候，茶馆已经在那里候着了。

“三花”是“三级茉莉花茶”的简称，上茶馆喝“三花”的成都人比较多，因此“谈三花”就成了喝茶的代名词了。

成都的茶馆，按照李劼人的说法是：“茶铺都不很干净，不大的黑油面红油脚的高桌子，大都有一层垢腻，桌栓上全是抱膝人踏上去的泥污，坐的是窄而轻的高脚板凳，地上千层泥高高低低，头上梁桁间，免不了既有灰尘，又有蛛网。茶碗哩，一百个之中，或许有十个是完整的，其余都是千疤万补的碎瓷。而补碗匠的手艺也真高，他能用多种花色不同的破茶碗，并合拢来，不走圆与大的样子，还包你不漏。”

这样的茶馆应该说是比较大众化的，大众化了人就多。但是人虽然多，跑堂的却是有条不紊，一点也不手忙脚乱，提着紫铜茶壶，七转八转地来到桌边，将一叠托垫飞旋出手，只一个瞬间，客人面前就放妥当了，然后在茶垫上放好盖碗，再退后一步，提起茶壶，一个凤凰三点头，茶便全泡好了，回过头来看桌子上，一点水也没有溅出来。

先来喝茶的人有点围着挤着的意思，再有人来，是有脸面或者熟悉的，大家就争着喊着说：“茶钱该我的。”有时候你争我夺竟然为此伤了和气，八面玲珑的堂倌就恰到好处地定下一个结账的人选，其他人就顺水推舟地说一声：“道谢了，下次再惠。”

安澜茶馆坐落在成都的西御街上。“安澜”是相对气派的茶馆，整洁宽敞，前来安澜茶馆喝茶的是一些有头有脸的客人，他们基本上是冲着喝茶来的，也有的是冲着“唱扬琴”来的。唱扬琴是成都一带比较特殊的曲艺形式，每天下午两点多一点，就有五六个唱扬琴的盲人来到安澜茶馆，他们一只手拿着二胡和竹板之类的伴奏乐器，另一只手搭在同伴的肩头，排成一条队伍走过茶馆边上又窄又陡的楼梯，然后在楼上的舞台上坐定。他们唱的曲目，全是忠孝节义，种瓜得瓜种豆得豆，善有善报恶有恶报，有时候简明的道理和直接的因果是慰藉人们心灵最有效的方式。

京剧的天津

天津人热爱天津，说出话来就是“咱们天津卫”。这样的口气，像一个有点盲目只知道宠爱的家长，而天津是他们的孩子。

天津甘栗、天津鸭梨和天津大白菜是赫赫有名的土特产，只是甘栗和鸭梨的原产地其实不在天津，天津只是集散这些东西的码头。外地的客商将甘栗和鸭梨从天津运往四面八方，也顺水推舟地说这就是天津甘栗和天津鸭梨。得天独厚的水陆交通使天津自明朝以来，一直是运输枢纽，也是南北货主要的集散地，所以大家说在天津没有卖不出去的货物，也没有买不到的货物。

俗语说“林子大了什么鸟都有”，在天津开茶馆还真有点众口难调。其实这只是一般意义上的看法，也有点想当然的意思。偏偏在天津开茶馆是生意兴隆通四海，有一种红红火火的风采。

出门在外的人除了挣钱，还需要一个稍事停顿的港口，这一个港口就是茶馆。茶馆是设在异地他乡的家。土生土长的天津人，除了上班回家，同样需要一个属于自己的去处，这个去处还是茶馆，茶馆是藏在口袋里的私房钱。

港口或者去处，还有休闲和消遣的意思，所以茶馆里唱小曲的多，京剧、评剧、河北梆子，各式各样。

唱的小曲就是电影里看到的孩子牵着老人或者大人带着孩子唱的："手拿碟儿敲起来，小曲好唱口难开。声声唱不尽人间的苦，先生老总听开怀。"这是电影里的句子，唱小曲的人也会这样表达，但一般的段子没有这样明确的阶级立场，风花雪月的成分要更多一点。道理也简单，茶馆是大家休息娱乐的场所嘛。

苏州评弹诞生在苏州，广大的市场也在苏州，但演唱评弹的演员，必须跑过苏州到常熟，在常熟这个码头上唱开了，才可以东奔西走，也算是有了一定的市场。这是为什么呢？因为常熟的听众耳朵刁，耳朵刁说明内行，反过来还说明难侍候。你要没两把刷子，登台演出就是自讨没趣了；你要发挥不好或者好马失蹄，人家喝了倒彩，你还只能快快地走下台去。

天津在这一点上和常熟比较相近。比如京剧吧，从前的说法是"北京学成，天津走红，上海赚包银"。北京是京剧的百年老店，要学看家本领真功夫，只有往京城里跑。学成之后呢，出去跑码头了，就要上天津卫。在天津站稳脚跟了，就可以走遍天下。"伶界大王"谭鑫培少年时随父亲北上，第一站就是天津。

《清代燕都梨园史料续编》里说少年谭鑫培"能一步至檐端，

飞行无滞”，这至少说明他的功夫还是比较了得的。只是谭鑫培二十不到就倒了嗓子，嗓子是唱戏人的吃饭家伙，谭鑫培却是一点也唱不出来，这真是急人的事情。

谭鑫培的父亲名叫谭志道，也是梨园中人，而且天生的一副好嗓子，因为他的嗓音狭窄高昂，很像“叫天子”的鸟叫，大家就叫他“老叫天”，而谭鑫培就是“小叫天”，“小叫天”发不出声音来，“老叫天”心里也急，大家一起吃饭的时候，谭志道就说：“看你将来成个什么东西。”谭鑫培就一声不吭地吃完饭悄悄练功去了。

当时知名的京剧演员是程长庚和余三胜。程长庚唱戏对四声的运用和行腔吐字是一字一句都有交代，让人觉得清清楚楚毫不含糊。余三胜苍劲有力的西皮调和花腔，揉进了青衣和花旦的成分，让人觉得回肠荡气又优雅细腻。谭鑫培就细细琢磨，等到倒嗓期结束，登台表演了自己特别的老生唱腔，令观众们耳目一新，竟是一下子爆出了大彩。

谭鑫培上天津演出时，已经是相当成熟的谭派了，当时老天津荣业大街升平茶园的京剧演出戏目上，白纸黑字地写着谭鑫培的名字。这一声抑扬顿挫的唱腔渐行渐远，那几只泡过浓浓淡淡茶水的杯子，还在桌子上放着呢。

一腔西安

“八百里秦川尘土飞扬，三千万老陕齐吼秦腔。来一碗髯面喜气洋洋，没有辣子嘟嘟囔囔。”

这就是陕西人唱的秦腔。陕西人说：“南方的才子北方的将，陕西的黄土埋皇上。”这是一句很实在的话，因为单西安附近，就有汉唐帝王的陵墓三十多座。一个朝代有一个朝代的风气，一个皇帝有一个皇帝的话题，再由此及彼地说开去，坐在西安的茶馆里，有喝不完的茶和说不完的话，这是再自然不过了。也应该是这个缘故，西安茶馆的象棋也十分地兴盛。陕西作家贾平凹在自己的文字中，有过关于西安茶馆里面下象棋的记载：“老西安著名的象棋茶馆就数骡马市的毛家茶馆，国民市场东南角的仁义茶社，城东北角的张家茶社和甄家茶馆。清末至新中国成立前，这些茶社前都摆一盘枣木棋子，全城名手各在馆中坐镇立擂，四方棋手报名挑战，观者如潮，就悬挂大盘，热闹时躺椅坐完，条凳坐完，数百人不得不手托茶壶站着看棋盘挂棋。这期间出了多少名手，单毛家茶馆坐镇的就有经棋艺群众评出的‘五虎上将’。‘五虎’的头虎叫赵栓柱，平日以卖香烟、瓜子为业，棋风剽悍强劲，威震一时。山西棋雄柴天和打遍西安别的茶馆无敌手，寻上赵栓柱，一战赵胜，二战柴输，柴天和不服，自己买蜡来夜斗，一个通宵下来，柴天和灰头黑脸出了茶馆直去车站返晋，从此不再到西安。但是，赵栓柱因谋生困难，十数年息影象坛，西安群雄无首，各据一方，无人统一江山。”

大家再次见到赵栓柱，已经是很多年之后的事情了。春天的日子里，一个满头银发弯腰曲背的老人，向着骡马市的毛家茶馆缓缓地走去。眼尖的人一眼认了出来，这位老人就是当年的赵栓柱。大家紧跟着随他而去，一边也把这个消息一传十十传百地传开来，这一天不少西安人放下手中的活计，四面八方地往毛家茶馆而去。

赵栓柱来到毛家茶馆门前，是一副笑眯眯的样子，却也没什么话，遇上认识的人就点一点头，然后在棋局前坐下来。立即有人上前来问道，下不下？赵栓柱就做了一个先请的姿态。

“五虎”中的头虎又回来了，毛家茶馆前有点里三层外三层的意思，大家看到坐在棋局前的人一个一个败下阵来，还听到里面的人一惊一乍的感叹。

差不多是夜色降临之后，再也没有人坐到赵栓柱面前挑战了。这时候茶馆里照出来的灯光落在赵栓柱身上，赵栓柱伸手抚摸着桌上的那副枣木棋子，不由得老泪纵横。

第二天一早，棋迷抬着匾额前往毛家茶馆去，他们一路想着赵栓柱几乎就是心目中的英雄，也是毛家茶馆的光荣了。但他们赶到的时候，赵栓柱已经离开了，没有人知道他去了哪里，也没有人再在以后的日子里见到过他。有一些棋迷在走进毛家茶馆，再一次见到那副枣木棋子的时候，心里会想起赵栓柱来。一杯清茶几盘残局，对于茶馆来说是最大的光彩或许也是最大的无奈吧。

这一段故事，说的是西安茶馆里的纸上谈兵，一波三折的起承转合有一点武侠小说的意味，故事的结束是水落石出的圆满，也是落花流水的遗憾，可以说在西安的茶馆泡的是故事和传奇。

旧友重逢，茶馆是从前记忆。多少楼台烟雨中，一杯清茶是喋喋不休和欲说还休，是老故事之添砖加瓦，是老朋友之锦上添花。

舊友重逢茶館是從前記憶多少樓台煙雨中
一杯清茶是喋々不休和欲說還休是老故事
々添磚加瓦是老朋友之錦上添花
己亥昊玉

春扬州

袁枚说，记得四十多年前了，我到平山去玩，从天宁门外出发，坐在船上，看到那时的河也就两丈多宽，两岸也没有什么像样的楼台和房子。乾隆皇帝南巡，官吏们借助两淮盐商的财力开发扬州，现在呀，河也宽阔了，山也秀美了，雕栏玉砌的亭台楼阁也建造了不少，梅花开了桃花开，这样的景色，真是天上人间。

天上人间就是说有点瘦骨伶仃的扬州丰腴滋润起来了。而扬州人生活得比较春风得意的标志，就是泡茶馆，按照扬州人的说法是“早上皮包水，下午水包皮”。

“皮包水”是喝茶，“水包皮”是泡澡堂子，生活还过得去的人就是这样打发日子的。这个说法在江南一带也很流行，所以扬州是北调中的南腔，是用南腔来伴奏的北调。

《扬州画舫录》中写道：“吾乡茶肆，甲于天下，多有以此为业者。”扬州城里比较著名的是冶春茶社和富春茶社。冶春茶社已经有两百多年的历史了。冶春茶社泡茶有一点别出心裁，是将当地的珠兰加上安徽的魁针和西湖龙井，混在一起放进壶里再冲泡开来。扬州人的说法是这一壶茶有珠兰的香气，有魁针的颜色，也有龙井的滋味。一般泡茶，讲的是桥归桥路归路，就怕眉毛胡子一把抓，冶春茶社是三种茶叶混在一起，初一看有点失去本真，细想起来是取长补短，至少这也是一种喝法。

扬州茶馆还有一个特点就是风味小吃，在这里茶仿佛是领唱，各式各样的点心和小吃是合声，所以扬州的茶馆是吃吃喝喝的大合唱。比如富春茶社吧，它的三丁包子、千层油糕和翡翠烧卖赫赫有名，大家称作“扬州三绝”。另外还有四色锅饼、黄桥烧饼、葱油火烧、徽州薄饼、生肉包、洗沙包、干菜包、青菜包、水晶包、金丝卷等，除了这些点心之外，还有就是干丝。

“烫干丝先将一大块的白豆腐干飞快地切成薄片，再切成细丝，放在小碗里；用开水一浇，干丝便熟了；拨去了水，拨成圆锥似的，再倒上麻酱油，搁一小撮虾米和干笋丝在尖儿，就成。”这是朱自清笔下的烫干丝。扬州人是少不了干丝的，他们吃饭的时候，要点一份干丝，干丝是一道必不可少的菜；他们喝茶的时候，也要点一份干丝，干丝是一道非他莫属的小吃。以至于大家说起扬州，就自然而然地想到了干丝；说起干丝，也天经地义地想到了扬州。

喝茶地图

大半辈子茶喝下来了，正好有机会归纳总结一下。用什么方式进行归纳总结呢？从茶叶说起是一条路，这是坐汽车的陆路，比较四通八达，但少了些个性光彩。我偏偏是一个有个性的人，是一个不走寻常路的人。从茶具说起也是一条路，这是乘火车的陆路，看上去有铁轨搁在那儿，其实是比较容易走偏的，一不留心就滑到陶瓷玻璃工艺技术上去了，以为烧了羊头，其实卖了狗肉。从水说起当然就是水路了，有关水路，我的儿子陶理曾经记过一段文字，我先来摘录一下：“泡一杯茶需要什么？其实回答很简单，需要的是茶叶与水，两者缺一不可。我听说过这样一个故事，故事的内容大概是这样的，一个外国人回国的时候，给他的母亲带去了很多茶叶，因此他的母亲准备举办一个茶会。但他们并不知道喝茶是喝放着茶叶的茶水，所以来参加茶会的客人都吃了杯子里的茶叶。当然，不会有人喜欢这个茶会。一方水土一方人，我们庆幸的是我们明白茶叶是离不开水这个道理的。而相反的，一杯水中没有放茶叶，你自然也喝不出茶味来的。因此，我列出这样一个等式，茶等于茶叶加上水。”

小小年纪能说出这么一番言简意赅深入浅出的话语，也太青出于蓝了，我无法再次超越，只好回避了。

换个思路想一想，茶叶、泉水、茶具和泡茶的功夫，这些都是可以带来带去的，而喝茶的地方倒有点像是一手绝活。

精彩的地方没有茶，相当于没有盖章的书画。喝茶没有好地方，相当于被冷落在橱窗里的时装。两样都齐了就是形神兼备。我要把我到过的形神兼备的地方画下来，画成一张喝茶地图，当然也要加一些文字说明，现在我要做的工作，就是将这些文字说明记下来。

茶花

茶花就是产茶的茶树上开出来的花儿。

大半辈子人生，喝茶也好几十年了，却从来没有在意过茶树是开花的，也没有人在我面前提起。直到最近，说起茶花的朋友也是一笔带过，要不是我存了个心眼，有关茶花的事情到现在还蒙在鼓里呢。

茶树开花，差不多已经是深秋了。我去的地方，是太湖西山岛上的一个村落，这儿的茶树就像是步行街上熙熙攘攘的人流，抹也抹不开，靠近了就能发现树上的花朵。茶花是白色的，样子和梅花差不多，更大一点，还丰腴一点，我觉得比梅花更好看，香气也要重一点；但梅花是成群结队的，因而人多势众，茶花是零零碎碎的，因而势单力薄。

说起来我读的书不多，但一知半解的分上应该到的吧，却也没有见过从前的文人墨客描写茶花的篇章。古代的文人墨客，跑东跑西的多，他们肯定是见过茶花的，为什么假装没有看见似的闭口不说呢？也许是因为茶花长得太像梅花了，文人墨客跟做功课似的赞美梅花，现在要说了茶花的好，生怕梅花生气，这些小心眼的古人啊。当然我也不会特地去博览群书，这是很书呆子的做法，我不过是提出问题而已，对于我来说，提过就说明想过了，想过就算了。

劳动人民过日子一向是兢兢业业挖空心思的，他们似乎也没有把茶花很好地利用起来呀，比如能不能跟菊花似的泡着喝呢？比如能不能跟桂花似的入菜吃呢？好像都没有。茶花的香气比较浓郁，但个性不强。吃口怎么样就不知道了，比较涩也说不定的，所以也开发不起来了。说到底吃什么饭用什么心，茶花的利用应该是茶农的事，是餐饮业的事，我不过是提个议，这么一说吧。

我能想到的茶花的用场是，秋天的时候，将开花的茶树植在盆里，然后放在茶叶店的店堂里，放在茶馆的大堂里，这是很活生生的感觉，至少比假古董好，比一般的花木盆景也好。因为这样的摆设是与茶相关的，而且能让人产生联想，还顺便普及了茶的基础知识，真是一举数得啊。

我去的村落在山坞里，下了公路往山路上绕，绕着绕着四周的青山秀水有了些世外桃源的色彩，有了点尘世以外的另一番天地的感觉。沿着山路走，可以到达西山的最高峰缥缈峰。茶树沿着山坡生长，这样的环境，使茶树仙风道骨起来了。

村委会正在建造一些亭台楼阁，他们的设想是再搞些农家菜，然后把远近的城里人喊来旅游，用心良苦，他们也不容易。

其实乡村旅游的模式有好多，所谓农家菜之类的，好多年下来，已经新意全无了，要是能因地制宜地想出些新招来，才有吸引力，比如看茶花就是一个主题。

红茶绿茶

我一直这样想，红茶和绿茶好比是一个班级的同学，他们在一起经受风雨和阳光，直到毕业之后才各奔东西，成了红茶绿茶。其实这是错误的，红茶和绿茶差不多是两个地方的人，粗一看眼睛是眼睛，鼻子是鼻子，细究起来，他们还是各有各的特点的。他们的遗传基因不同，加工方法不同，生长的地方风土人情不同，最后我们见到的面貌和喝出来的滋味也不同。

我是喝绿茶长大的，现在也是一如既往地继续喝着，好像是一种今生约定吧。对于好的绿茶我能说出个七七八八来，毕竟是熟能生巧了，对于乌龙茶或者红茶我就有点做表面文章了。

但我的一些原来喜欢绿茶的朋友，现在却很着迷地喜欢上了乌龙茶，他们津津乐道地说一些“关公巡城”和“韩信点兵”之类的俗语套话，他们和绿茶也如夫妻般风雨同舟相濡以沫多泡茶馆或孵茶馆全是一种消磨，年纪一点点添上去，火气一点点降下来，茶一点点淡下去，岁月一点点经过来。

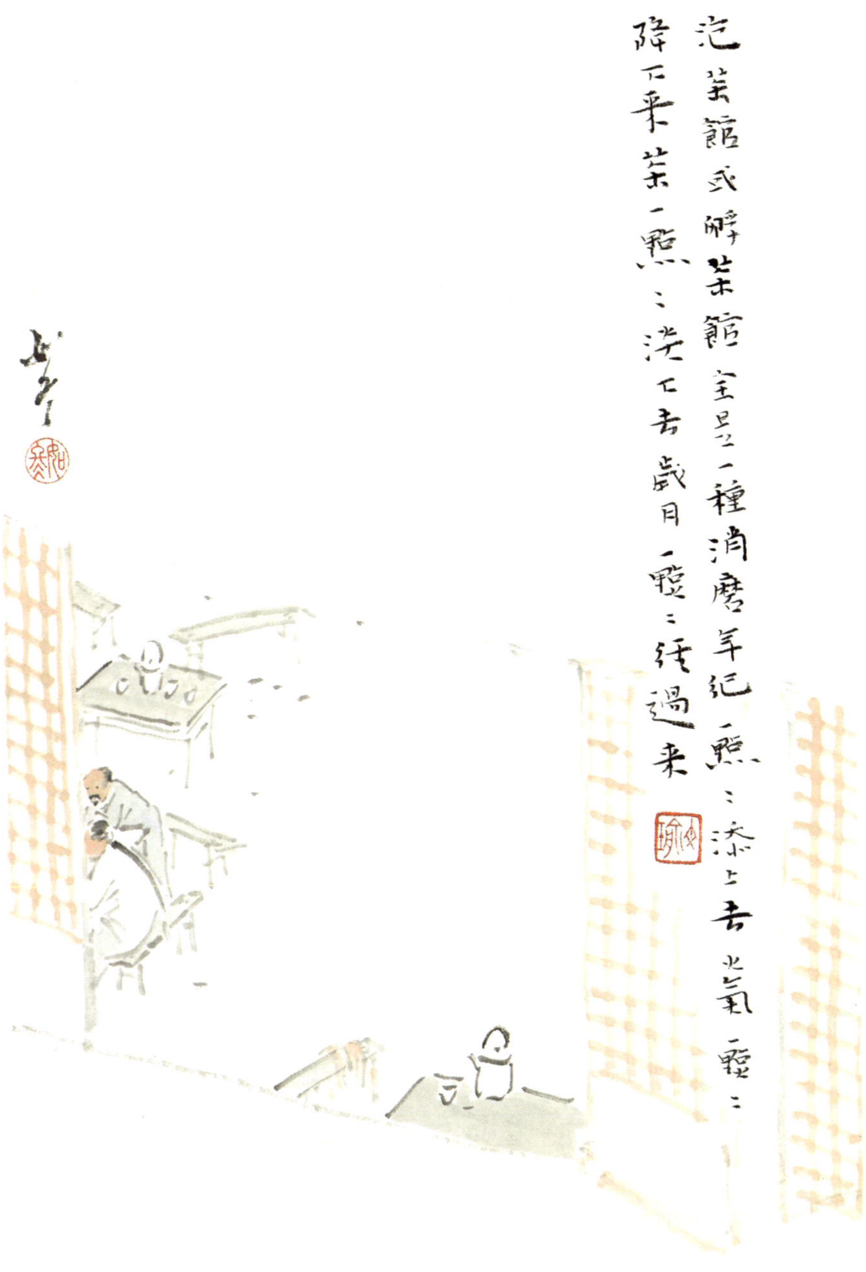
泡茶館式解茶館全是一種消磨年紀一點一點添上去火氣一點一點
降下來茶一點一點淡下去歲月一點一點經過來

少年了，乌龙茶跟第三者似的一插足，他们说放弃就放弃了，真是些喜新厌旧的主啊。

我这样一说，我的不少朋友肯定会生气的，这是人各有志的事，你管得着吗？按理讲吃喝之道讲的是有什么吃什么，什么好吃吃什么，这是作为美食家基本的准则。乌龙茶能够受到大家青睐，自然有其过人之处，单单我感受到的就是鼻子里闻到的香气和喝到嘴里的渗透力，都有一种特别的效果。其实我只要谈一谈自己喝茶的体会就行了，我这样随便地说三道四，真是无事生非啊。

我的一位朋友家里，红茶绿茶有好几十种，上品居多，全是人家送的。我的朋友比较得意的一个说法就是从来不跑茶叶店，其实一个好茶客应该时不时地去茶叶店里走走的。一直在外面东奔西走，抽空去茶叶店走走，真有回家了的亲切，起码觉得全是熟人吧。然后看到一些生面孔，也就是来自天南海北的茶叶，有的很贵，有的又特别便宜，称上一点尝尝，有的是徒有其名，有的却像遭到埋没的人才，这是重见天日的容光焕发，也因此结识了一种好茶。

还有一点，茶和喝茶还不完全是一回事，茶只是喝茶的一个重要部分。再来打个比方，好比是一个美女，绝不单单就是一张面孔，还有举手投足的风情呢。这里的美女，应该就是好茶，所谓举手投足的风情，指的是水和茶具之类。茶具不在多，两三套就行，素瓷的泡色香味俱佳的茶叶，紫砂之类的就只讲究一个味道了。茶叶是播音员，有的在广播上，只要听一个声音；有的在电视上做新闻，主要看一张面孔；有的是主持综艺节目的，全面地暴露在大家面前，要求就不一样了。

茶客

江湖上的茶客分为两种，一种是理性茶客，还有一种就是感性茶客。

理性茶客比较按部就班头头是道，这个“道”，就是他们所说的茶道吧。但我见到的，不少是为茶道而茶道的主，真是受不了他们。我第一回去喝这样的功夫茶的时候，觉得那个茶博士已经忙活好半天了，才刚刚到达洗杯这个站台，离泡茶还有一站，离喝到茶应该有好几站呢，真是折腾！我们中间有个朋友立起身说去卫生间撒尿，那个茶博士连忙纠正说，在喝茶的地方要叫“了便”。你听听，多酸的词啊，大家还是各玩各的吧，我立起身拉着朋友就走了。

从前老式的婚姻，从定亲到入洞房，有好多规矩和程序。现在要好许多，时代变化了，社会节奏也快了，移风易俗省去了不少繁文缛节，说到底这是与人方便与己方便。不就是结婚嘛，费那么多力气干什么呢？其实喝茶也是，不就是喝茶嘛，摆这么多谱干什么呢？

感性的茶客就要有趣许多。不久之前遇上一位在香港做茶叶生意的吴先生，差不多算这一类茶客。吴先生是做茶叶生意的世家出身，每年在云南收购茶叶之后，去香港加工好普洱，再拿到内地来销售。

吴先生这一回是特地去上海看演出，完了又想到苏州听一回评弹，这样我们就遇上了。我们三言两语就说到茶上，吴先生说，他最喜欢的茶叶是龙井，喝好的龙井，是油腻和丰腴的感觉，好像是吃红烧肉，也好像和比较胖的女人亲嘴。这真是很个性的比喻啊。

自己的语言说自己的感觉，我就愿意和吴先生这样的人说茶。倒不是说我已经具备了比较扎实的茶文化素养，因为这些基础知识书上都有，你要想了解的话，捧几本茶书去茶楼，一人发一本就行了。

我还有一位感性的朋友，名叫汤泉。汤泉是一家碧螺春集团的老总，所以我叫他汤总。最初我和汤泉认识是因为围棋。我们都很痴迷围棋，但棋力比较一般，而汤泉还不及我。问题是他输了棋还往心里去，心里难过，有这样的心情简直就是文人一个，因此我和他比较投机。

汤泉是国家级品茶专家，泡好茶之后，总是先端起杯子看一眼，然后再轻轻呷一口，然后说香气不够，或者说发酵过了。这些全是很技术性的语言。汤泉的感性，在于他对茶叶特别热爱，遇上一种好茶，好像遇上了失散多年的亲人，喝到差的，好像自己做错事那样难过。他全是发自内心的，这是多好的状态啊。

一个人的车间

喝茶是朝夕相处的日常生活。对于老茶客来说，最适意的就是在家里喝茶。家里不是风景名胜，也没有高山大河，但在那些地方喝茶是一阵子，而在家里喝茶是一辈子。大部分时候，我们总是在家里一边干着什么一边喝茶，或者一边喝茶一边干着什么。

我父母住的宅子，有一个很大的院子。我上初中的时候，父亲在院子里搭起一间七八平方米的屋子，在屋子里放下一张床和一张写字台，然后说，好了，你搬进去住吧。之后几十年来，我习惯了这样的格局，搬进新居了，还一直沿用。

当时的小屋子因为潮湿，所以床是空开墙壁一点摆放的。现在没有这个问题了，我还是放成这个样子，这样占地方，但不这样我睡不着觉，会失眠。我一直拿这个事情和孩子们说，告诉他们从小就要养成良好的学习习惯和生活习惯，这很重要。

其实我现在的房子，也不是非要在书房里支起一张床来，说到底还是适应了这样的摆设，拿走了就是空落落无依无靠的感觉。另外一点，这些年来，我必须在床上看书或者看电视。我想读书了，就往床上一靠，冬天还要钻到被窝里去，白天也如此。我要是不在床上，看到的只是一个一个的字，只有靠到床上，看到的才是文章。

前一阵市里面组织学习，我去了半天，就逃回家去了。不是我不愿意学习提高，实在是我已经不能适应坐在教室里的状态了，当然更不能把床搬到课堂里去。

说起来自己应该是个读书人，就是因为受了书本的影响，才走上了卖文为生的人生之路。记得最初是阅读《约翰·克利斯朵夫》，四本一套，读到第四本的时候，总是冒出一个念头来，看完了就没有了，没有了我干什么呢？心里是失落和难过。以后阅读的经历丰富了，这样的体验也少了，但热爱阅读的习惯却养成了。

欢喜读书的连锁反应就是买书和藏书。我现在的藏书是四千多册，几乎是满满的一书房了。后来我发觉书全部放在书房里对写作是有所影响的，感觉到别人已经写了这么多，已经写得这么好了，自己还有什么奔头，对自己一放松，玩乐就多起来，进步就慢下来。我在意识到这一点以后，就将书房里的书分散一些到客厅和别的房间里，这样对自己写作的影响减少了，对整个家庭的文化品位也是一个提升，人家走到我家里来，一看四下里都是书，觉得真不错，多像书香门第啊。

我是一个书法爱好者，所以书房里还备着文房四宝。我爱好书法但不临帖，想到写字了，拿出几本帖来翻翻，选一种多看几眼，感觉领悟到其中的气韵了，就铺好宣纸，倒一点墨汁，写将起来。

我的书法作品主要是两种，一种是书札，正好要写信，毛笔挥挥，在书信前面和后面加上“如晤”和“顿首”，就算是有点清朝人的样子了。另一种就是对联，自己编好了句子，写了送给朋友。我有一位叫小天的朋友，他喜欢下围棋，我给他写的句子是“小目守地保边疆，天元夺势定中原”。另一个叫亦然的朋友，也喜欢下棋，却老是输给我，我就给他写了“该出手时就出手，得让人处且让人”。挂在我自己家饭厅里的对联是：“有吃无吃瞎吃吃，你好我好大家好。”这是提倡互相理解、弘扬家庭团结协作精神的句子。

也是因为书法的缘故，我给自己的书房起了一个名字叫“做得动做做做不动歇歇斋”。这个斋名长了点，但比较朴素实在，所以我一直用着。

在我的书房里，还有比较显眼的，就是电脑了。

原来我是一个勤奋的写作者，笔头子也快，个把小时写一千字，不怎么费力气。朋友们起哄着换笔，我跟着凑热闹，跟上时代前进的步伐，也是要求进步的表现。

种茶

（清）闵钧

闲将茶课话山家，种得新株待茁芽。

为要栽培根柢固，故园锄破古烟霞。

閑將茶事話山家種得新株待茁芽尚要栽培
根柢固
故園鋤破古煙霞
閑鈞 種茶

最初时，一手夹着香烟，一手敲着键盘，用全拼法打了两篇散文，望着手上干干净净整整齐齐的文稿，感觉电脑真是相见恨晚的朋友，于是我满怀激情地逢人便大谈电脑，把电脑赞美得跟西施似的十全十美。望见我眉飞色舞绘声绘色的样子，我的朋友对我说道，你这仅仅是初级阶段的玩耍。那时他已经能够盲打了。我问他怎样进入高级阶段呢？他说用五笔字型。他给了我一种图表，说这是飞跃的基础。

从此我开始了学习五笔字型的漫长而寂寞的劳动。操作过程中，我的思维要比手上快好多。最要命的是，不少字的拼法，绝不是“王旁青头兼五一”所能解决的。

朋友说你应该去参加培训，我只是一笑了之，我想那些打印社的外来妹打起字来和弹钢琴似的，说明这不是个难事呀，我也不是笨人，自学就可以了。但事实证明我这样想是错的。所以直到现在，我的电脑操作依旧磨磨蹭蹭，而我已经有了电脑再用手写似乎又说不过去。比方一个人见人爱的女子，能和婚龄内绝大部分人组成幸福美满的家庭，偏偏又最不适合成为你的妻子。电脑于我就是这么一回事，真遗憾。

有一次我去工厂参观，看到车间门前钉着一块牌子，上面写着“车间重地，闲人莫入”，我就想到其实我的书房就是一个车间，一个劳动者生产和工作的地方。

一下子说了这么多，无非就两个意思：读书和写作。记在书里就是现在的样子，就是一篇文章，要是电视里的广告，“读书写作”四个字就够了，还可以再简洁一点，说成“读写”，两个字就够了。

但看上去这些内容似乎和茶无关呀，其实这些内容仅仅是个前奏，是个铺垫，好比是跳高跳远，要跑上好一段距离，才纵身一跃。

我在读书和写作的时候，当然离不开喝茶。我习惯喝绿茶，读书的时候，喝好一点的绿茶，比如近阶段，正好喝安吉白茶，冬天就喝一些龙井。读书要慢慢地品，是感觉滋味的工作。写作的时候，喝一般的炒青，比如近阶段，正好喝常熟的虞山炒青，喝得多的是太湖西山炒青。写作要苦苦地想，是伤脑子的工作啊。

听枫园喝茶

有一种喝茶就是为了解渴，好比是饿了以后，能够填饱肚子就行，不在乎什么茶，也不在乎在哪儿喝，这是目的明确、简明扼要的喝法。另一种喝茶首先讲究的是茶叶的品质，好茶叶是浮想联翩和感慨万千的基础，比如黄山毛峰，那几片放在杯子里的叶子，分明是黄山归来不看峰啊。

好茶叶对于喝茶的地方就有要求了，比方是成名的角儿，在上海大戏院演出是珠联璧合，到社区去演出就有点玩票的意思了。

我一向不太喜欢现在的茶馆，打扮得古色古香，细一体会，好像就是三流古装戏的布景，这让人觉得很不自然。还有根本的一条，那儿几乎喝不到真正的好茶叶，一般是热带茶叶居多，看上去很鲜嫩，三两开一泡就平淡无奇，根本谈不上回味。好像是化过妆的女人，绝对没有素面朝天的资本，妆一卸掉，就不能直视了。

从前我常去园林里喝茶，那里是地道的古色古香，也比较清静，但现在也去得少了。园林的工作重点不在茶室上，园林天生是给外地人旅游的，似乎也没有把我们当地居民喝茶当个事情，真是有点遗憾。

不久之前，苏州国画院和台湾的文人联手，在听枫园里开设了听枫茶馆。听枫茶馆开张的时候，台湾的陈锡卿特地带着自己的乌龙茶从海峡对岸赶来助兴。

陈锡卿是当地很知名的茶农，在乌龙茶这一行也很有心得。他的青心乌龙，在二〇〇五年台湾优质茶拍卖会上，以每斤八十八万元的天价，一举夺取了年度总冠军。

八十八万元是台币，折合成人民币，当时差不多是二十二万吧。陈锡卿将青心乌龙带到听枫茶馆来，实在让爱好喝茶的朋友有一种遇上知己的感觉。这个知己是陈先生，也是装在罐子里的乌龙茶。

开始品尝青心乌龙的时候，茶馆安排了苏州昆剧院的杨梅红弹琴唱歌。杨梅红一边弹奏古琴，一边唱古曲。古曲是中州韵的发音，也就有了昆曲的韵味。古琴和昆曲都是世界非物质文化遗产，合在一起表演，是别具一格的美妙和生动，所谓恍若隔世，应该就是这当口用得上的词语了。

听枫园的主人是当时的苏州知府吴云。吴云是比较纯粹的文人，对于金石书画的鉴赏很有造诣，也很有热情，所以他在苏州做父母官，真是春风得意如鱼得水。

吴云生了两个孩子，他替孩子请来的家庭教师，是成为一代宗师之前的吴昌硕。

墨香阁建造在假山上，是听枫园里很别致的一幢楼阁。假山是起起伏伏的波浪，墨香阁就是载着吴昌硕的一叶扁舟。吴云的两个孩子坐在书案前，读着之乎者也的文章时，吴昌硕就在另一边对着一块方砖刻刻画画。

这是好些年前的事情了。好些年前，因为听枫园，秋天就是靠在文人心底的一叶扁舟。

现在的听枫园，基本还保持着原来的样子，因为苏州国画院设在园子里，好多书画家聚在一起笔歌墨舞，是天天有雅集的样子。

听枫园里的喝茶形式，有一些古代的氛围，也有一些现代的气息，基本上还是比较随意的样子，这是很适合我的。

踏春踏秋

踏春是一种仪式。冬天像一间门窗紧闭的屋子，大家在屋子里待着，待得有点不耐烦了，也有了要出去走走的心思，正好这个时候大地回暖，桃红柳绿，人与自然两厢情愿不谋而合。

春游不是跋山涉水千里迢迢的旅游，春游就是走马观花快去快回，就是在附近一带快餐式的旅游。但春天是年年来的，而附近就这么些地方，大家就自然而然地在春游的形式上下功夫了，这是典型的旧瓶装新酒啊。

四月过去没多久，大家开始张罗起春游的事来，并不约而同地想到了太湖上的老船。老船是我的朋友买下来的，差不多有一百年的历史。起初大家叫它古船，但是一百年按惯例是沾不上古代的边的，还是叫老船比较妥当。

老船二十六米长，五张桅帆。一船来说，太湖上最大的船是七帆船，其实五帆船和七帆船一样大小，渔民们在捕鱼实践中，觉得五帆船还是有点误事，就增加了两杆桅帆。所以从这一点上来看，五帆船应该还要古老一点呢。

这样的老船，在太湖上另外还有三艘，两艘停在风景区的景点上，基本上就是一个摆设。我的朋友将老船买下来的时候，老船虽是能开动的，却也不在第一线乘风破浪了。我的朋友像一个有孝心的后代，将一个孤寡老人带回家里，这是很有意义的事情。

首先是去哪里的问题，有人提议去湖州或者无锡，也有人说就去东山、西山或者光福、木渎。这也太七嘴八舌了，最后大家说，我们是有组织性纪律性的文人，我们在各自的创作上要充分自由，在春游上还是要有领导的。只是领导一时也说不出去哪里，最后大家说，先把船开起来再说，开到哪里是哪里，硬要说个地方，就是游太湖。这个想法真是很有品位，又一次说明了高境界是可遇不可求的。

那么我们在船上干些什么呢？先是想到了喝茶。春天正好是东山、西山碧螺春上市的当口，坐在船上喝茶看风景，是一个节目。有人说吃了鸡蛋还要看母鸡，太多此一举了。这话说得很机智，对于鸡蛋和母鸡合适，但茶叶就不是这么一回事情了，对于鸡蛋的联想，极限就是红烧白烧的母鸡，而茶叶通向绿水青山。

还有就是请船家整理出一桌酒菜来，我们一路上吃吃喝喝，两岸风景扑面而来，这时候风景反而成了一道布景了。这样的春游，是以人为本的春游啊。

我们上船的那天，天气有点阴沉，刚好也有风，五张桅帆升起来，有点声势浩大的感觉。湖上的风拍打着桅帆，猎猎的声音是中气很足的样子，我们的船顺流而下，大家的心情一派开朗。

坐在这样的船上，会让人情不自禁地产生打鱼的念头，情不自禁地想，自己要是个渔民，那该有多好啊！可惜我们不会打鱼，只会吃鱼啊。八仙桌上太湖的时令水产基本上都齐全了，虾、鳜鱼、白鱼、鲤鱼、凤尾鱼，还有岛上的野鸭和草鸡，还有马兰头、枸杞头、金花菜，加上很地道的乡村手艺，让人觉得为什么俗话要说“一年之计在于春”呢，就是因为春游，因为春游的时候有这样的吃喝。

那么两岸的风景呢，那些在冬天里没精打采老去了许多的风景，竟是一下子容光焕发生机勃勃起来。对于花花草草枝枝叶叶来说，春天是它们的爱情啊。

下了船再去古镇上挑选一些茶叶和土特产带回家去，这一次春游就算告一段落了。然后打发走了一个夏天，一晃就是秋天了，我们开始了踏秋的准备。

踏秋的“踏”字，似乎是从踏春中化用过来的，但踏秋明显要比秋游或赏秋来得实在，一个有点走马观花，一个是身体力行；一个有点事不关己，一个是设身处地。

踏秋是由来已久的事情，也是说来话长的事情。一方面从前现代人早出晚归忙忙碌碌，似乎是一副忙不过来之样子，能够泡上一杯茶算是忙里偷闲之忙，喝茶再要有各式各样之规矩，就是忙不过来之忙了。

現代人早出晚歸忙忙碌碌似乎是一付忙不過來之樣子
能夠泡上一盃茶算是忙裡偷閒之忙喝茶亦要有
各式各樣之規矩就是忙不過來之忙了

的古人相对是比较闲的，老闷在家里肯定不是个事情，经常出去走走，是他们生活的一部分。另一方面经过了春天的发芽开花和夏天的雨露阳光，草木花果都出落得有头有脸了，劳动人民也辛苦了这么长时间，大自然对大家也应该有个交代了。这样的一个季节里，走到郊外去东看看西看看，看到的全是美好的风景，这样的风景生出来的，也全是美好的心情。所以不出门是硬要和自己过不去，硬要和别人唱对台戏，所以出门是硬道理，踏秋是顺理成章的锦上添花，是你好我好大家好的皆大欢喜。

“谁言秋色不如春，及到重阳景自新。随分笙歌行乐处，菊花萸子更宜人。”这样的句子在古书中真是多了去了，它是一种提醒，言下之意是，秋天来了，怎么还在家里躲着呀？

李叔同写过一首“长亭外古道边”，是丰子恺配的插图，画面上郊外的风景里，一些孩子随着穿长衫的老师，在风景里走走停停。

其实这一首歌、这一幅画是和踏秋不相干的，只是说到踏秋，我总会想起这样的句子和画面。从前觉得自己早生几十年多好啊，混在一群花花绿绿的小孩子中间，自己的老师竟是李叔同和丰子恺。现在想起来，是一种恍若隔世的感觉，有一点失落和感慨，却没有了浪漫的情怀，再要做少年梦，自己也觉得不好意思了。

但是在我上小学的时候，学校里踏春和踏秋是一种惯例。踏春是连着扫烈士墓的，大家要在革命烈士纪念碑前宣誓。有一年本来说好是我站在队伍前带领同学朗读的，临去的前一天我回家忘记做作业了，老师就换了别的同学，当时觉得真是对不起革命烈士。

踏秋就是彻底的游玩了。有一年是走着去的，去天平山看红枫。更多的时候，老师会找到在公交公司工作的学生家长，说好一个价钱，然后几辆大客车带上我们，很有声势地一路向风景而去。

不久前同学聚会，大家说起了踏秋，说是有一个女生家境贫寒，拿不出踏秋的车钱，是我垫出来的，大家觉得我当时就是怜香惜玉。我却记不起这码事情了，怎么会呢？当时我们家也是家境贫寒，自己的车钱也不一定有着落，还会替女生垫钱，不太可能吧。垫钱记不得，还钱也没有印象，难道那个女生忘记还我钱了？

时过境迁，最近几年学校里是不组织踏春踏秋了。当然也没有走着去郊外一说了，这是风景的问题。郊外全造起了房子，沿着房子一直向前走，是外地造的房子，这有什么好看的呀。快到中秋的时候，我们想到了还是到老船上去，赏月观潮。

从前的文人对五花八门的景观特别敏感，听说了就要赶着去一饱眼福，千里迢迢风雨兼程，以不到黄河心不死的姿态赶路。那时候没有电视，也没有照片，你要眼见为实，就得身临其境。

也不是一看了事，看了以后还得写诗，可以说那时候的景观几乎是为诗歌而存在的，那时候的文人几乎是为了写诗才去看景的。为什么呢？因为写诗是他们安身立命的手艺啊，借景抒情或者借题发挥，一首七绝或是七律就跃然纸上了，所以换一个角度看，古诗就是我们的旅游地图。

钱塘潮相当于水做的长城，自然是很著名的景观了，积下来的诗歌也是汗牛充栋。“八月十八潮，壮观天下无。鲲鹏水击三千里，组练长驱十万夫。”这是苏东坡说的。白居易的说法是“郡亭枕上看潮头”，还有范仲淹的“涌若蛟龙斗，奔如雪雹惊”，杨巨源的“潮色银河铺碧落，日光金柱出红盆”，赵嘏的“一千里色中秋月，十万军声半夜潮”，等等，这要耐着性子记下来，可以编一本上下册的书了。

心里装下这诗歌，也是很胸有成竹了。好处是不去浙江，对钱塘潮也有个大致的了解了，说起来也有点头头是道了。负面的效果是再要写诗写文章，就很难找出新意来了。全是人精似的古人，也是挖空心思想出来的，和他们较劲，真是自讨没趣啊。就是因为这个缘故，有两次去钱塘江看潮的机会，我都放弃掉了。

我们去的那一个晚上，月亮在空旷的太湖上是拼了命地又大又圆，而且看上去是一种正在走动着的样子，感觉就像是一只足球落在太湖的球场上，一跳一跳地远去。但是月亮下面的太湖却是平静如镜的样子，也没有风，水面是平铺地流淌着，这样的景色，也太文明礼貌了一点，大家说要是有一点起伏该有多好啊。

我倒也不这么想，要说潮水其实在心里，这话是有点做作了，或者我还没到这个境界吧。说起来潮水也是水上的文章，钱塘江上是立起来的水，太湖上是躺着的水。就像你觉得一个演员是漂亮的，她在电影里是美女，出了电影就不好看了。这个例子不是十分贴切，却也能说明一点问题吧。

所以对我们来说，观潮的地方有水就行了，水是立着或躺着，是水的事情呀。因为科学家说了，潮汐是太阳和月亮向心力作用之后而产生的，太阳和月亮高兴在钱塘江上向心，不高兴在太湖上向心，我们做不了它们的主，又有什么办法想呢。

再回到有关茶客的主题上来，其实赏月观潮不过是一道布景，那一晚真正的活动是听琴品茶。

琴是千年古琴，唐朝的“九霄环佩”，不久前我还看到过有关这把琴的拍卖报道，似乎还有些传奇故事。现在这把“九霄环佩”就搁在大家面前了，真是恍若隔世。

我对古琴没有特别的研究，很轻易地拿在手上正过来反过去看看，随便说两句就放下了。和我们一起上船的还有一位古琴高人，他见到“九霄环佩”时竟是激动不已，不敢随便去碰，立在边上好一会儿，才问主人能不能让他拿起来看看。主人当然同意呀。最后大家请他演奏一曲，那位古琴高人更是心潮起伏。站在他的立场上，这是不可多得的缘分啊。

按说古琴演奏应该在室内，安静到专心致志，纯粹到一尘不染，但放在太湖上演奏，和秋虫的鸣叫、潮水拍打船舷的声音浑然一体，竟是意外的动人。

然后就是品茗了，为什么老是说喝茶，这一回却品起茗来了呢？因为那天喝的是百年普洱。一百年前的普洱，基本上就是文物了。一个人能有几个一百年呀，走过一百年前的山水不稀罕，待在一百年前的房子里也没什么，听一百年前的音乐，看一百年前的书画，都是能遇上很多次的事情，现在摆在面前的毕竟是泡在壶里的一百年前的茶叶啊。

存放一百年的普洱，基本上已经是成仙的茶叶了，所以和凡人一样的茶是两回事情，平常的茶滋味也似有似无了，喝到嘴里可以对照的口感，就是治感冒的中药，打出这样的比方来，我真是一个粗人。

南园茶社

现在我们是往南园茶社而去。

一条悠长而逼仄的弄堂，刚好一个人直面而来，我们踩在街石上，街石发出“咚——噹，咚——噹”的声响来，如歌的叩击，使这一个清早绘声绘色地美妙起来。

南园茶楼位于同里镇最南面，在十五条河港纵横交织的环境中，它很别致地坐落在十字河岔口上。

老虎灶对着南园茶社的正门，因为重新砌过了，所以少了些旧气，也没有和着茶叶清香的水蒸气冒出来。烧开水再也用不到老虎灶了，老虎灶只是一种标志和摆设。就像民俗博物馆里陈列的轿子，我们再也不用它代步了。

但我想，要是可能，最好还是用老虎灶烧水，在这样的小镇这样的茶楼，我希望自然与风土人情所构筑而成的气息更纯粹一些，这样纯粹的气息弥漫得更多一些。

现在，我们就坐在南园茶社的楼上，四方八仙桌，一杯新龙井，细细地喝，缓缓地品。

南园茶社最初的名字叫“福安茶馆”。开办福安茶馆的是同里镇上一户人家，本来男耕女织，日子也算小康。有一天家门口路过一个算命先生，妻子说，我们的日子会不会过得更好呢，不如请算命先生算算吧。丈夫说，万一算出来越来越不好怎么办。算命先生说，所以要我来指点迷津啊。比如你们家，你们家的问题是严重缺水，无论如何，你们应该换一个沾水的生计。福安茶馆就这样开出来了。同里人喝茶的风气盛，茶馆的市口也好，再有了小夫妻热情周到的招待，生意也真是不错。

这一天，是五年以后了，店老板送走最后一位客人，盘点起一天的收入，正想着算命先生的话倒也不无道理，一场大火突如其来，冲天而起，仓促之中店老板只从火堆中抢出了一只盛放茶叶的锡罐子。

常在福安茶馆喝茶的，有个叫顾达昌的生意人。顾达昌做的是古董生意，收进来，卖出去，再收再卖，闲暇时就上福安茶馆泡壶茶，聊聊天。生意顺手的时候，茶馆的老板跟着高兴，遇到麻烦的时候，老板就放下手中的事情，过来陪着顾达昌说说话，宽宽他的心。现在茶馆付之一炬，走过废墟的时候，顾达昌的心里也是空落落的。

顾达昌经过废墟，是去熟食店买酱肉，熟食店的酱肉味道好，这是其一；顾达昌看上的，还有盛酱肉的那一只瓷盘。顾达昌收好了酱肉对店主说，不如将这一只盘子也卖给我吧。

这盘子？不行。店主说，这是镇店之宝，大热天酱肉放在这只盘子里，四五天也不改味道的。

顾达昌笑笑，转身走了。过一天再来，买了酱肉还是开口要瓷盘，店主自然还是不答应。顾达昌说，你生意这么好，犯不着再用一只能放四五天酱肉的盘子呀。顾达昌还说，你说酱肉放在盘子里四五天，会有酱肉卖不出手的负面效应的。这样接二连三地说，店主终于松口了。

瓷盘落到顾达昌手上，顾达昌连夜去上海，然后揣着一包银元回到同里，找到了福安茶馆的老板，顾达昌说，我要把福安茶馆再造起来。

福安茶馆重新开张，还在原来的地方，还是原来的风貌。每逢大年初一，免收茶资，这一天顾达昌还会将自己收藏的唐伯虎的《双雀图》挂出来。新的一年，期盼有一个开心和灿烂的开始。

福安茶馆的故事，仿佛是泡在白瓷杯中的清茶，让坐在楼头品茗的人久久回味。福安茶楼改成南园茶社，是后来的事。当年南社的陈去病、柳亚子常来喝茶，推究起来，“南园茶社”取代“福安茶馆”，也应该是陈去病 、柳亚子的建言，“南园茶社”四字的头尾刚好是“南社”，这算是巧合了。

而我们初见到的南园茶社，砖瓦有些碎了，门窗有些漏了，

湖州竹枝词

（元）张雨

临湖门外是侬家，郎若闲时来吃茶。
黄土筑墙茅盖屋，门前一树紫荆花。

臨湖門外是儂家郎若閑時來吃茶黄土築墻
茅蓋屋
門前一樹紫荊花
張雨竹枝詞

桌椅有些破了，沿着昏昏暗暗的扶梯上楼去，不由不让人感慨沧海桑田岁月有痕。

两年前的一个春天，一位老作家到同里来，见了这座楼，不由感慨万千。

要修复，按原来的样子修复。老作家说，就是一张旧画，重新揭裱一下，而不是重新画一张。

重新揭裱一下，就是原来的气息和韵味还在，历史的沉淀还在，历史沉淀的光芒还在。

同里镇政府会同有关部门，投入资金五十多万元，就是按照揭裱的要求修复了茶社。自此，古镇又添了新景致，初来乍到的游人和常来常往的朋友，也有了一个新的去处。

我们就这个话题说开去，想起了好多年前和朋友们来过。说一个名字，就觉得是发了一份邀请，邀请他们到南园来坐一坐，也不谈文章，文章已摆着呢，也不谈人生，人生还走着呢，就这样的文人和文人，围着八仙桌，坐一坐，坐两袖清风，坐一杯清茶。这样的同里和我们，是和谐自然；这样的茶楼和我们，是珠联璧合。

茶楼的另一端，是一方戏台，戏台上架着一把二胡、一把琵琶和一支笛子。两位老人上台去演奏笛子和二胡。他们是器乐爱好者，退休了以后，来这里消闲，说是为茶客助兴，但他们脸上的神情，分明是自己的开心更多一点。

曲子过半，弹琵琶的也来了，吹笛子的坐在他的座上，就边吹边起身来，坐到中间去，弹琵琶的在自己的位子上落定，跟上拍子合奏起来。

演奏的似是名曲，却不是大家风范，民间故事和街头小唱的感觉更强一点，还有一丝丝随便哼哼的味道，这于茶楼反而更适合。我们坐得更是自在了。

园林里面喝茶

一个人喝茶，基本上是有点境界的表现了。一个人喝茶的最佳状态就是把园林当成自己的家，当然只能心里想想，不能说出来，并且夕阳西下茶喝淡之后要起身离开，不然真有点无理取闹了。

把园林当成自己的家，按照苏州人的说法是“自说自话”或者“租田当自产”，按照北方人的说法是“不拿自己当外人”。但喝茶的人不这样看，喝茶的人是有想象力的，也能体会和把握好自己心里的美好感觉，并且十分在意。他们这样喝着茶，也是在意窗里窗外的风景的，但这是有一搭没一搭的在意，他们觉得风景是为了自己更好地喝茶而生出来的。他们还在意走过来走过去的游客，但这也是有话则长无话则短的在意，他们觉得游客仿佛自己的家人或者来访的客人，是放松而自然的关系，也就是说不用拘束和客气的关系。

一个人在园林里喝茶的第二种状态是，觉得园林里是能遇上古人的，或者他将自己就当成古人了。他在拙政园泡好茶，好像唐伯虎已经到北寺塔了，唐伯虎也是闲来无事，出了桃花坞的家门，散着步一路走来，他也是冲着拙政园喝茶而去的。他们不期而遇，谈谈风月说说人生，一高兴还有诗冒出来。只是待茶喝淡了之后，喝茶的人才发觉其实唐伯虎没有来，自己是一边喝着茶，一边在异想天开，但这已经无关紧要了，因为茶毕竟淡了，毕竟喝过了，想到了就是喝茶的精彩。

一个人喝茶还有带着各式各样的功课去的，这应该是有一点功利心的，但这样的功利心因为园林和喝茶而显得生动浪漫。

两个人（含异性）在园林里喝茶，是一种交流与呼应，这样的交流与呼应在园林里喝着茶进行，是恰到好处的“文化搭台，经济唱戏”，当然这里的经济不是做生意，这里的经济就是交流与呼应。把自己的想法说出来，把自己的观点摆出来，大家一致就会心一笑，有点分歧也会因为园林和茶而彼此理解宽容。

广大群众认为，两个人在园林里喝茶，应该是风雅的，应该说一些琴棋书画之类的事。他们有一些家长里短的话题，也想到了找上一个知心朋友上园林的茶室里面去畅所欲言，但因为说不来琴棋书画，他们就有点不好意思了。他们借口说喝茶还要买门票，还不如换个地方，就这样和园林里喝茶擦肩而过了。

其实这样的想法是不对的，在园林里喝茶，只要是心底里面想着的事，什么话题都能够交谈，就是说琴棋书画和柴米油盐在园林和茶面前是没有高低贵贱之分的，而且因为园林和茶这一道特殊的背景，话题也有了别样的风采。比如馋嘴好吃，放在文化的锅碗里，就是美食家。

而约一位异性朋友去园林里喝茶，似乎有点背水一战的意思了。整个下午搭一点黄昏，两杯茶喝下来，一般情况下是要么成为没有性别的知己，要么就迈出了男欢女爱的第一步。

三个人喝茶是同性或者二男一女或者二女一男，比如张三李四王五吧，说起话来基本上王五是附和张三或者附和李四，最后就变成了一个张三李四争取王五的问题了，而待茶喝好之后，问题也不成其为问题了，留在公园里的，也只有曾经的喝茶了。

四个人聚到公园里喝茶，也可以看成是一桌没有牌的麻将，这样的喝茶离茶话会也只有一步之遥了。

苏州话里，“开”是一个量词，有一点“杯”的意思，但听起来比“杯”灵动，也比较专业。因为聊天几乎与喝茶形影不离，苏州人将一席话也说成一开，这番话像由着性子说开去，也不要负什么责任，说的人就这么说了，听的人也这么听了，所以这番话也称是“一开牛”。

光是喝茶说话的茶馆一般称作“清茶馆”，在清茶馆里说话最大的特点是你说你的我说我的。清茶馆比较朴素，基本上是素面朝天，而园林里的茶室，应该属于清茶馆这一类。

老虎灶和大饼店

老虎灶是设在街头巷尾的茶馆，街坊和邻居上老虎灶喝茶，一般都是自己带一只杯子，杯子里放好茶叶，开水就从老虎灶上就地取材，开老虎灶的也不另外收费了。洗澡的水都要上老虎灶去打，喝能喝掉多少呢，俗话说开饭店不怕大肚子，开老虎灶更不怕茶客了。

苏州人在平日里买进卖出时，遇到一堆零钱，总要说上一句："赛过开老虎灶的。"

上小学前，我和祖父、祖母一道住在仓街，我们屋子对面的一户人家就开着一爿老虎灶。老虎灶养活五个女儿，梅花、兰花、菊花、春花和秋花。

邻居说，刚好是五朵金花呀。

老板说，五子登科还好说说，五朵金花有啥劲？

嫁出的女儿泼出的水呀。老板娘说这话的时候，刚好从汤罐里舀起一瓢开水灌进漏斗。

老虎灶的生意，傍晚时候就忙起来了。七月里热烘烘，下了班也懒得在煤炉边上待更多辰光。腊月时煤炉上的火是一副慢吞吞的样子，而到老虎灶上去冲汤婆子要爽快得多。

再晚一点，生意清淡了，老板就坐在灯下，打开装钱的木盒子，有滋有味地清点起来。

老板自然也是老茶客了，茶是泡在很大的瓷壶里面的，并不是太好的茶叶，却泡得很酽，有人来泡水，要在老虎灶边坐一坐，老板就倒一杯茶招待他。

老虎灶的春花要出嫁了，邻居都来祝贺，小孩子也来凑热闹。起哄的时候，我被人家挤倒在砻糠堆上，小女孩就过来扶我起来。

这个小女孩就是秋花。

“我不出嫁的，妈妈说我要招女婿的，妈妈说要把老虎灶传给我呢。”秋花说。

我当时还是小男孩，也真不知道如何回答。

“你肯不肯呀？”秋花问道。

“什么？”

“你到我家来，我和你一道开老虎灶。”

“我不行，我碰了砻糠浑身要痒的，妈妈说我是皮肤过敏。”

“那我来烧火泡水，你就晚上数钱，好不好？”

“要不我回去问问我妈。”

回到家里我就忘记了，后来小女孩也忘了这个事。再说起童年，似乎老虎灶仅仅是老虎灶了。

接下来就是大饼店，大饼油条是很传统的早点。

说起大饼油条，就要说到我的舅舅。舅舅去的这一爿大饼店有很大的店堂，舅舅每天清早去喝茶，一手提着热水瓶，一手拿一只搪瓷缸，天刚擦亮，就出门去大饼店了。

老苏州的说法是“早上皮包水，下午水包皮”，“皮包水”就是喝早茶，按照老茶客的说法是要喝通了，才能开始一天的营生。喝通以起身去小便为标准，这也是比较形象的。

皮包水我原来以为只有苏州才有，后来看书发现别的地方也有，也说要到喝通为止，真是英雄所见略同。“水包皮”是洗澡，这个说法好像只有苏州和扬州才有。

舅舅喝通以后，就要一副大饼油条。老师傅会在他的大饼里放更多的葱和猪油，因此更香更肥。有时候舅舅吃着吃着，想起外甥来了，就要老师傅再做一些，并且趁着热气，跨上自行车给我们送来。

母亲就来叫醒我和弟弟：“舅舅送点心来了。”母亲说这话的时候，天还黑着。舅舅四点钟起床，到大饼店泡好茶，喝了二开以后，再吃点心，要是能想起我们，六点稍欠就来到了。这样的情况每月有两三回。

在书本上读到舅舅，或是在日常生活里自己及别人说起舅舅，我就会想起大饼油条，并隐约觉得有香味生出来。

九曲棹歌十首·其一

（宋）白玉蟾

仙掌峰前仙子家，客来活火煮新茶。
主人遥指青烟里，瀑布悬崖剪雪花。

活火煮新茶
主人遥指
青烟里
瀑布悬崖第
宋白玉蟾诗云云

现在我仍不习惯自助式的早点，刚起床就面对琳琅满目的食物，有点儿不知所措。说起来一日之计在于晨，大清早就这么丰富和满足，在思想意义上也不利于一个人一天的进取，再要是一边吃一边聊天，不知不觉十点多，待大家吃午饭了，你腆着饱饱的肚子，无所事事，也很失落。

像好多的老苏州一样，我常吃的早点，就是大饼夹油条了。

油条要多炸一会儿，出锅后就折断，这样松脆的状态就保持好了。大饼不是电炉子烘出来的那种油酥饼，它是不加油酥的，只用白糖或猪油和青葱。我偏爱的是后一种，将很多的葱，拌以猪油渣，刚从通红的煤炉膛里拿出来，带点儿枯焦，还有一丝丝煤烟的气息，而更多的是芝麻和葱的香味。

所谓“人间烟火”，大饼油条，可真是名副其实了。

不久之前，我还看到一张题为《大饼店》的老照片。这张老照片摄于二十世纪五十年代，大饼店里的师傅全是女的。想起来应该是解放了，劳动人民当家做主人，妇女也翻了身，政府号召大家为建设社会主义出力。胖家庭妇女找到瘦家庭妇女说，我们不能再吃闲饭了，也要找些事干干的。瘦家庭妇女想了想说，要么开爿大饼店吧。

“社会主义好，社会主义好，社会主义国家人民地位高。”妇女们一边烘大饼炸油条，一边轻快地哼着歌曲。大饼店的生意很好。

落市以后大家聚到一起说说笑笑，赵钱孙李，家长里短，知无不言，言无不尽。星期三下午，政治学习读读报纸，胖家庭妇女是店主任了，她把大家的心得感想一一记录在工作手册上。

日子连着日子，快乐而井然有序。

墙上的标语是：“妇女今天称英雄，吓煞英美大总统。”

英美国家的领导人，肯定没有吃到过大饼油条，也不会为苏州小巷里的家庭妇女开了一爿大饼店而心有余悸。我认为写这样的句子原因有二：一、当时的政治环境和宣传口径。二、押韵。

而我舅舅喝早茶的地方，肯定不是照片上那一家，老师傅也是男男女女都齐全的，要全是女师傅，他大清早放着懒觉不睡，跑去喝茶，纵然真的是老茶客，人家也会以为他是花花公子的。

我心里一直想着，要是能去老虎灶或者大饼店喝一回茶，对我比较拘谨和紧凑的人生应该会很有帮助。坐在那样宽敞的大堂里，无拘无束大大咧咧，高声喧哗或者乘机骂两句粗话，这是多带劲的事情啊。但我没有去过老虎灶或者大饼店喝茶，待我长大成人，到了泡茶馆的年纪，这样的老虎灶和大饼店已经不多了，所以我是一个生不逢时的人。

秦淮河

南宋时期的杭州，开设了一些“花茶坊”或称“水茶坊”，按照《梦粱录》上的说法是:“楼上专安着妓女,名曰‘花茶坊’……非君子驻足之地。”很明显这是一些色情场所了。在这里茶馆只是虚晃一枪，也就是说招牌上是红茶绿茶，屋子里却是红男绿女。另一类门前也有春情融融的女子，却实在是卖艺的茶馆。《武林旧事》中说：“莫不靓妆迎门，争妍卖笑，朝歌暮弦，摇荡心目。凡初登门，则有提瓶献茗者，虽杯茶亦犒数千，谓之‘点花茶’，登楼甫饮一杯，则先与数贯，谓之‘支酒’。然后呼唤提卖，随意置宴。”这样的形式，有点吃花酒的意思了。

这样的情形到了明朝的南京，又有了进一步的发展和完善。在明朝的秦淮河边，东起桃叶渡，西至武定桥头，茶馆和酒楼，多得几乎数不过来。

风华烟月，金粉荟萃。秦淮河上的风景，好像是为了故事才修造的。先是有了故事的起承转合，然后围绕着这个故事，再造出来一段风景和风景里的春花秋月。

好些年前，很多游玩秦淮河的文人墨客，他们敏感柔软的心灵，常常因了秦淮河里的桨声灯影而惊羡感动，这样，他们就写下了很多关于秦淮河的诗词文章。有时候那一些文人墨客仅仅为了一些绮丽的梦想，有时候为了那么一点欢乐那么一点忧愁，他们就把情感投向了秦淮河，秦淮河就风姿绰约风情万种，就成了文人墨客的风景。当这些文人墨客也加入风景中来时，秦淮河就进一步地诗情画意了。

也许，恰恰由于这样的情形，走进秦淮河两边的茶馆里，自然会变得特别地风雅起来。

“城里的一道河，东水关到西水关，足有十里，便是秦淮河。水满的时候，画舫箫鼓，昼夜不绝。每年四月半后，秦淮的景致渐好了。到天色晚了，每船两盏明角灯，一来一往，映在河里，上下通明。”吴敬梓在《儒林外史》中这样描写秦淮河。

“烟笼寒水月笼沙，夜泊秦淮近酒家。商女不知亡国恨，隔江犹唱后庭花。”这是唐诗里的秦淮河。唐诗里的秦淮河繁华并且伤感，岁月如流，悠悠秦淮，繁华似水，伤感是岸。

“淮水东边旧时月，夜深还过女墙来。”这是梦醒时分的感怀，人们不愿意忘记艳绝风尘的李香君或者柳如是，不愿意忘记回眸一笑百媚生，更不愿意忘记芳心侠骨在风起云涌中的长歌当哭。

明代末年河南名士侯方域和秦淮名妓李香君在金陵相遇，才子佳人，一见倾心。后来阉党马士英、阮大铖收买侯方域不成，便加害于他们，侯方域投奔史可法，李香君被福王选进宫中。清军破了南京，侯方域和李香君在栖霞山的白云庵相会。李香君拿出桃花扇追怀往昔："白骨青灰长艾萧，桃花扇底送南朝。不因重做兴亡梦，儿女浓情何处消。"

这一朵桃花，是已经消亡了的大明江山。在后来的岁月回望，是最抒情的一个刹那。这一刹那的开放，是秦淮河上的千古绝唱。

和李香君仿佛，在那一个动荡的时代，柳如是的命运，经历了更多的风风雨雨。秦淮河上的轻歌曼舞稍纵即逝，当明王朝岌岌可危的时候，"闺中病妇能忧国，却对辛盘叹羽书"。

清军南渡，南京沦陷之前，柳如是劝说自己的丈夫钱谦益自杀殉国，并表示自己会紧随其后。钱谦益犹豫再三，终于同意了，于是二人载酒水上，声言欲效仿屈原，投水自尽。直到天色已晚，钱谦益探手水中，说了声，水太凉了，怎么办？柳如是气急之下，纵身要往水里跳去，却被钱谦益死死拖住。

数天后，钱谦益屈节降清，柳如是则开始了她漫长的反清复明生涯。

在给自己女儿的遗书中，柳如是说，将我悬棺而葬吧，我一生清白，不沾清朝的一寸土地。

柳如是十五岁沦落风尘，后来赎身脱籍，和吴江才子陈子龙谈过一阵恋爱。陈子龙描写她的句子是："娟娟独立寒塘路，垂柳无人临古渡。”二十三岁那年，柳如是女扮男装，驾一叶扁舟去常熟菱塘拜会钱谦益，才子佳人，互道倾慕，这一年钱谦益五十九岁。

“如是”这个名字取自《金刚经》中“一切有为法，如梦幻泡影，如露亦如电，应作如是观”。如今看她起起伏伏的人生，如是，也是一种宿命。

只有在秦淮河，“国家兴亡，匹夫有责”的担子，才会落在风尘女子的肩头，也只有在秦淮河上的茶馆，一杯清茶才能够和金戈铁马合成动人的交响。

梁实秋说：“秦淮河的大名真可说是如雷贯耳，至少看过《儒林外史》的人应该知道。……其实秦淮河也不过是和西直门高梁桥的河水差不多，但是神气不同；秦淮河里的船也不过是和万牲园松风水月处的船差不多，但是风味大异。”

李香君在秦淮河边的房子叫“媚香楼”，柳如是买的是秦淮河上的一艘画舫，到“媚香楼”或者画舫上去，不是搞流氓活动，而是衣袂飘飘的雅集；和李香君或者柳如是一起喝茶，不是黄色，而是浪漫和风情。从前在秦淮河上做这一行的，一言一行都有专门的老师来辅导，琴棋书画是日常的功课，你有上联，她对下联，你吟一首诗，她和一首诗，这样的情形，几乎就是文化活动了。

好比是多年前，有一家出版社发行了删节本的《金瓶梅》，有人很是好胃口地耐着性子，将删去的部分汇编成一本手抄本传阅开来，大家却是兴致不高。《金瓶梅》是文学艺术精品，断章取义地摘录下几个段落，就是黄色手抄本。有人说怎么会呢，它的作者不也是兰陵笑笑生吗？还是不一样的，光光这些文字，不过是一位著名作家写的黄色手抄本而已。

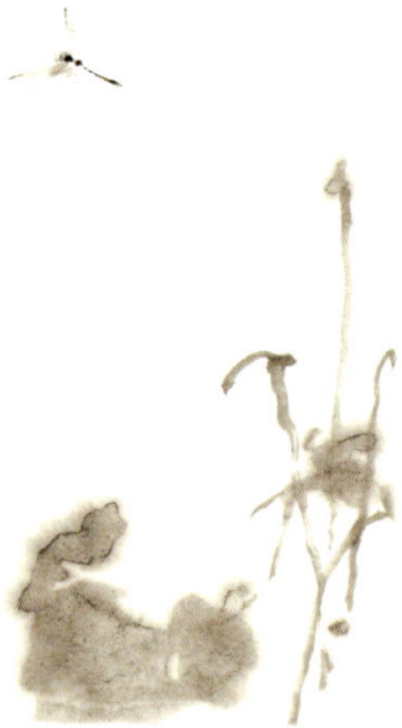

一茶一飯間

一茶一飯間

陶理题

陶文瑜 著

黄山书社

吃·饭

连锁反应

前几天看中央电视台的一个唱歌节目，台上竟站了三个“韩红”，我还以为是电视特技，待她们开口说话了，才知道原来是模仿秀。她们一位是公交车售票员，一位是外语老师，还有一位是形体教练。说实在的，初一看真是蒙人，待她们开口唱歌了，还是能区分出来的。办娱乐节目是好事，但千万不要以为嗓子高就是韩红了，戴了墨镜就是韩红了，长得胖一点就是韩红了。

按说这是娱乐圈的事，和吃喝又有什么关系呢？我原来是想说连锁店或者分店的事情，就拿这事做个引子，这是作家很看家的本领，作家要就事论事了，不成法官了吗？反过来如果法官开庭时举一反三，他就成了作家了。

苏州的点心店，那一些百年老店，他们有自己独特的经历和鲜明的个性，历经百年沧海依然顽强坚守、屹立不倒，真是太可歌可泣了。

比如说朱鸿兴，当时正好是兵荒马乱，加上国民党“捣糨糊”，一方面是通货膨胀，另一方面又要在不涨价的前提下保质保量，朱鸿兴的老板立在店门口，给大家鞠躬作揖，就是希望顾客不要进店里来了，因为卖出一碗面，他就要赔出一些钱啊。这要放在现在，要么涨价，要么焖肉切得薄一点。我前天吃到一块焖肉，几乎就是薄如蝉翼了。

就在这个步履维艰的当口，有一位老顾客，去外面借了钱，再回头转借给朱鸿兴，这下子面店依旧是撑在那儿了。但在那样一个时代，朱鸿兴相当于一只熊市里的垃圾股，怎么也翻不起身来的呀。朱鸿兴每况愈下，那位老顾客还不起别人的钱，竟然无奈地选择了自杀，他的遗言是关照子女，不许向朱鸿兴讨债。

因为这一段往事，我对朱鸿兴有一份特别的情感。我平生第一次吃双浇面，就是在朱鸿兴。当时还在读中学，能有多少零用钱啊，吃一碗浇头面已经很奢侈了，我想起了朱鸿兴的旧事，就再加了一个浇头，似乎这样就是急公好义，为朱鸿兴做了些什么。那时候我做梦也没有想到过了二十年，苏州的街头会有这么多的朱鸿兴，会有这么多的黄天源，会有这么多的绿杨。

这是百年老店呀，又不是孙悟空。

创出一个百年老店谈何容易，光日子就是一百年啊，面条馄饨全是手工制作，每个人捏出来的都不一样，看上去多一个店就多几万元加盟费，其实损害真是不小。比如有个外商准备在苏州办厂办学，一路走着，肚子有点饿了，正好经过一家百年老店，进去要了一碗面条馄饨，碰巧这是一家水平普通的连锁店，外商一吃觉得盛名之下其实难副，一下子对苏州就有了个不好的印象。比如一位读者看了我的文章慕名而来到苏州，在那样的连锁店吃了一次，一下子对我的文字产生怀疑，并从此再也不看了。真是不能多想。

我个人是无所谓的，反正我在练习书法，文章不能写了，就去寒山寺门口给游客写“月落乌啼”，好在寒山寺只此一家啊。

我的理想

每个人都有自己的理想，我的理想就是开一家饭店。

我的朋友陈老师在相城承包了一个小农场，养一些鱼虾鸡鸭，种一些蔬菜，我要抽空去和他谈一谈，希望他成为甲方代表，成为我的合作伙伴。做饭店生意，原材料太重要了，按照袁枚的说法是“物性不良，虽易牙烹之，亦无味也”。有可能的话，我希望把我的儿子派到农场去工作，让他先熟悉一些环节，反正将来饭店还是要传给他的，好多百年老店就是这样来的呀。

接下来我还要开一个培训班，为自己的饭店培训一批厨师和服务员，算是半工半读形式吧。第一年的半工就是参加农场劳动。为什么男女交往讲究青梅竹马？就是大家相处的时间长了，就有感情了。一开始就培养厨师和服务员对鸡鸭鱼肉青菜萝卜的感情，真是很重要的。第二年、第三年的实践，就是去苏州的各大饭店，看看我们的同行是怎么做的，有哪些过人之处，还有哪些不足，主要还是看有什么不足，拿袁枚的话来说就是“为政者兴一利，不如除一弊。能除饮食之弊，则思过半矣”。这是对自己学习最好的检验，读书本来就是为了今后的工作和生活嘛。

培训班的政治思想学习也不能放松，时下各类读本层出不穷，所以有选择的阅读尤其重要。我觉得作为我的员工，看一份《苏州杂志》就够了，这是他们老板的主要读物，这样起码是干群一致了。

有关专业培训，我也有一些自己的想法：好比是高考考生，复习资料看了一大堆，不一定就能取得高分，扎扎实实读好一两本书，反而考上了一本。我要选择的一本书，就是袁枚的《随园食单》，顺便说一下，我初步打算自己的饭店就叫“随园”，然后在《随园食单》上选择一些冷盘热炒做一份菜单，我的员工培训的就是这个内容，这是学以致用的经典例子。

我还要去新闻出版局申领一张内部准印证，办一份名叫《随园》的报纸，这是我的拿手活。头版显要位置，我要开一个专栏，要是想不出更好的名字，就继续叫“纸上烹饪”。“纸上烹饪”主要是我和顾客的交流，我的第一篇文章已经想好了，题目就叫《耳餐和目食》。耳餐和目食也是袁枚的说法，耳餐说的是为了表示排场，一味地追求高档名贵；目食说的是为了表示客气，荤菜素菜点了一大堆，这也是“随园”对广大顾客善意的提醒。

我还想到两个小问题，就顺便说一下。第一是“随园”不另外收服务费，这项费用我自己也一直不习惯，你收了服务费，要不要收房租费？要不要收餐具使用费？第二点就是开瓶费，买卖要的是你情我愿，要是婚姻登记处非要你买他开发的房子怎么办？要是房地产开发商非要搭女朋友给你怎么办？反正我是话说在这儿了，坚决不收这一类费用，资金上实在周转不过来，我就写文章，多拿一点稿费，贴补饭店经营。

吃喝演讲

为一日三餐而忙碌，爆爆炒炒，只能算是家务劳动。就和你在单位里球打得好与人家出席全运会是两回事一个道理。烹饪是一种集经验与创新于一体的劳动。朋友新开一家菜馆，说我饭局去得多，要我出出主意，想些特色菜。时值夏令，我出了两个小点子，一是将咸鸭蛋的蛋黄放在臭豆腐干上，然后清蒸；二是将鱼洗净后放在菜包乳腐的汤汁中数天，然后清蒸或烧汤。后来这两道菜受到了一致的好评。

把山珍海味调理好不难，难的是将家常菜弄出别具一格。我也只能说说，操作上还有点困难，故此今后如在这一方面发展，也只能当当教练，或是在理论上做点文章了。

我的朋友叶正亭是资深的美食家，文章写得也好。他写的有关吃肉吃鱼的文字，向《苏州杂志》投稿，陆文夫看了以后，批了一句“很有趣”，还请他多写一点。

我是这些文章的责任编辑，老陆表扬叶正亭，我也有光彩。本来读叶正亭有关吃鱼吃肉的文字，也让我长了见识。

我们是文字之交，也是吃喝同道，坐下来谈下去，基本上就是这两个主题了。秋风又起的时候，我们说到了吃蟹。

叶正亭说，吃蟹最好是几个知己，踩着金黄色的落叶，到阳澄湖边雇一条船，赤着脚，盘着腿，坐在船舱里。大海碗，毛竹筷，也不用准备什么冷盘，有几颗盐水花生剥剥即可，有两只虾干更好。也不用炒炒爆爆，有一碗发芽豆、一碗酱螺蛳，再有一只草鸡炖炖汤足矣。关键是吃蟹，大闸蟹，一人两只，一雌一雄。这样的食蟹环境，不能称最佳，也算合格吧！

这样有点农家菜的意思，素面朝天，和自然亲近了，也有文人气，但似乎不是吃蟹，是在吃文化。

我觉得有蟹基本就行了，是阳澄湖蟹就更好了，对于环境我是“牛吃蟹”，入乡随俗地吃就是了，因为按照叶正亭这样做，起码会失去许多吃蟹的机会。

我将我的想法讲出来，叶正亭想了想说，我还是对环境情有独钟，你想想，蟹吃到一定时候，夜深了，风大了，阳澄湖上卷起层层白浪，一波一波地打在小渔船上。听涛剥蟹，真是无酒也醉啊！

他描绘的意境令我向往，但对我来说，实施起来是有一定难度的。我觉得有一点“今朝有酒今朝醉”的状态吃蟹也不错呀，太条条框框了，不要说吃蟹的人，蟹也会觉得累的呀。至于一起吃的人，我也不要求非是知己，你吃你的，我吃我的就是了。我只有一个要求，吃蟹时不要讲太长篇的话，人家一心要剥蟹，还要装出来听你说话的样子，这有点给人添麻烦的意思。反正大自然将蟹放到我们面前，我们不能辜负了季节，更不能辜负了蟹。

还有一次是另外一个朋友约大家吃饭，上了一道酸豇豆，吃到嘴里感觉就是加了醋的长豇豆，也有人说爽口，但我没有感觉出来特别的好。朋友有点委屈了，说这是一道宋朝的菜，他就是为了这道菜，才请了一桌酒席，这道菜是今天晚上的“梅兰芳”，其他菜全是配角，是为这道菜跑龙套的。但吃喝之道，同样讲究法大于情，一个美食家如果碍于情面昧着良心说话，相当于职务犯罪。

长豇豆是可以我行我素的素菜，更多的做法是红烧，与鸡鸭猪肉搭配。它像一个跟在领导后面的秘书，而且是一个锻炼之后也不能走上领导岗位的秘书，它只能起一些协助协调的作用，就是这个定位，朋友却非要对它委以重任，真是自讨没趣。

宋朝也有粗茶淡饭，不能因为有了宋词，就觉得宋朝什么都意味深长了，也不能把所有过去的东西，都当成历史文化去对待。很多从前的东西即使不是糟粕，也算不上精华，本来应该随着历史的长河顺流而去的，你非要将它捞起来，差不多和将驴子带到贵州去是一样的意思了。

很多记录菜谱的古人，都是性情中人。他们不是厨师，在记录烹调方法的时候，很可能丢三落四，甚至想当然。他们更在意的是自己的感觉，是吃到嘴里之后如何如何。我们对照着他们的记载去做，不是按图索骥，而是在寻找一匹压根就没有存在过的马。

我这样求全责备是不是对朋友的全盘否定呢？不是的。在我心里，对朋友这样的行为真是赞赏不已，我认为他是一个在乎友谊在乎情感的人，是一个热爱生活积极向上的人，是一个充分领会美食精神的人。

我比较好吃，但真的还没有达到美食家的境界，仅仅属于看菜吃饭的那一类。如果说美食家是职业队的话，看菜吃饭的不过就是业余选手罢了。

菜对胃口就胡吃海喝，菜不称心就三口两口，大家觉得你是挑肥拣瘦，有点不太负责地说，你真是美食家啊。这么七传八传，名声就出去了。

首先是没有地方声辩，也不能够多说什么，你一开口，人家会觉得你矫情，自己是美食家了，不和群众打成一片了，好像你躲躲藏藏的人家就要饿肚子似的。

接着人来客往的，聚在一起说三道四，虚荣心一冒头，你也总要有些说法。老先生看到端上桌子的蒸饺说，打了二十几个褶，功夫了得。这是内行看门道。我实在没有这样的功力，一般情况下，就是化实为虚，说一些色香味之外的问题，比如火候，我说火候过了或者没有到，这样也能过关的。

上个月接待了为报刊写美食专栏文章的两位朋友。他们走南闯北地吃，不遗余力地吃，因为吃是他们的工作，这样做是一种敬业精神的具体表现。坐在一起，听他们讲吃讲喝，我就想到了火候的事，觉得这时候还是无招胜有招比较好。我就说我要是觉得这一天吃喝太草草了事了，就在夜晚坐在书房里，泡一杯茶，然后打开菜谱，选取几道菜，把一些味道想一下，也算是另一种看菜吃饭吧。

事后他们议论我说，一看就是懂吃的，而且城府深，轻易不露底。

说我城府深是不贴切的，不露底是被大家逼出来的，因为我实在是没有底呀。没有什么准备，我瞎讲讲，大家就瞎听听吧。

吃饭

一周菜单

现在已经是半夜了，今天立冬，睡下去以后，居然有蚊子嗡嗡作响，野生的就是生命力强，蚊子也不例外啊。我一时走了神也睡不着，干脆起来写文章吧。

我老婆换了一份工作，要去园区的湖东上班，每天早出晚归，家里面的吃饭成了问题。我儿子说，要不我带盒饭回来吧？看到他有点失落的样子，我的心里很不好受，再苦也不能苦孩子啊。我说，不用，我来烧。

不久之前作家费振钟到苏州来，我们聚了一次，大部分时间就听他在说怎样做菜。按照他的说法，他最拿手的是烧牛肉，将牛肉切块涂上一些作料，和土豆、胡萝卜一起，放在锅上烧四十五分钟。费振钟说，这道菜真是滋味无穷。

我说我是苏州烹饪协会的特邀顾问，应该算是普通的技术干

题山居

（唐）曹邺

扫叶煎茶摘叶书，心闲无梦夜窗虚。
只应光武恩波晚，岂是严君恋钓鱼。

掃葉煮茶摘葉書心閑無夢
夜窗虛
祇因光武恩波晚
豈是嚴君戀釣魚

曹鄴 題山居

部吧，我们搞技术的更关心做这道菜的技术含量，你这道菜也太没有技术含量了呀。

费振钟看我一眼，是很不屑的那种神情，然后告诉我们，他现在是不吃鸡肉和猪肉的。他这一说我似乎明白过来了，我们是两个流派的，我是中国传统风格，他是欧美现代时尚。我是要吃滋味的，费振钟烧的牛肉，难得吃一次可以，每顿这么对付，我是不愿意将就的。

说了这么一大段费振钟的事情，看上去似乎和我的文章无关，实际上这是一种铺垫的写法。我还要说我们除了原材料上的分歧，对于调料的认识也有很大差异。我认为调料真是太重要了，调料相当于一个女人的化妆品，有谁见过不化妆的女人吗？

另外还有一些原则，一是红烧居多。女人讲究“一白遮百丑”，做菜里面的红烧也可以掩盖好多破绽，因为红烧必放糖，有了糖和酱油，基本的味道就出来了。二是常用豆腐。豆腐不用洗，也就方便了许多，关键还有一点，豆腐是非常“水性杨花”的一道菜，它和什么品种都能搭配，你要放了肉丝，豆腐就是肉味；你要放了蘑菇，豆腐就是蘑菇味。做人讲究从一而终忠贞不贰，做菜有豆腐这样的个性，那真是太难得了。三是多买些水果，代替蔬菜。一般来说，水果只能是餐后的饮食。但我一直觉得，应该让更多的水果入菜。事实上这样做的餐馆不多，好比是一个包办婚姻的年代，你突然提出来自由恋爱，大家接受起来是要有个过程的。

第一天做菜，花了差不多一个小时，肉丝、菠菜、蘑菇、虾仁炒年糕，我要多说一句的是，这道菜中的肉丝一定要去市场买新鲜的腿肉，然后自己切肉丝，千万不要去买机器切出来的肉丝。

晚上，看到儿子吃得津津有味的样子，我问他，有没有感觉到父爱如山。儿子将碗里最后一口汤喝掉，说了一声，感觉到了。

教训

一开始在菜场，买鲫鱼还是买黄鱼让我颇费了一番心思。鲫鱼比较家常，价格也便宜，这是居家过日子的一日三餐啊。黄鱼要贵出许多，但口感好，滋味生动。最后我还是选择了黄鱼。我如果要考虑经济实惠，烧鲫鱼的时候，心里却想着黄鱼怎么好吃，这和同床异梦有什么两样呢。再说我要算经济账，做饭烧菜的时间，花在写文章上，黄鱼好当饭吃了。

我是想烧一道糖醋黄鱼，为了烧好这道菜，我特地去超市买了一瓶上好的酱油，谁知道问题就出在这里。酱油的瓶盖是很精致的包装，怎么也打不开，情急之下我就拿了手边的西瓜刀去捅，结果捅在另一只手的手指上，当时鲜血直流，急忙去医院包扎。出医院门想了想，又回去打了破伤风针。白求恩大夫就是划破了手指没顾上打针，结果献出了宝贵的生命，他毕竟是为了中国人民的解放事业，我要是为了烧黄鱼搭上一条性命，也不好意思说出口啊。

起先我心里一直在埋怨生产酱油的厂家，把酱油瓶弄得跟保险箱似的，你的酱油就这么金贵？你的酱油能当汽油烧？渐渐心情平静下来了，就想到了另外一些问题。“文革”的时候，好端端的科技人员，全部被下放到生产第一线去干车工钳工。这些科技人员，一向干的是宏观的工作，一下子落实到具体的工作，全是手忙脚乱的样子。

说起来我也是一名美食工作者，但我的工作以品尝为主，这也是社会分工的不同。从前的公检法就是一个衙门，知府是公安局局长，是检察长，还是法院院长，这样的一体化自然产生了好多弊端。现在时代进步了，从我去烧菜这个事情来看，我的思想还没有跟上趟。

十多年前，朋友们一起聚会，说好了会烧菜的人动手，我的朋友车前子跃跃欲试，说是要烧宋朝的虾仁。我们在喝茶聊天，他一个人在厨房里忙活，最后说宋朝的虾仁做好了，请大家一起品尝。老车的样子倒是很自信，好像自己刚从宋朝出差回来。只是品尝之后，大家都觉得太一般了，我当时还冷嘲热讽道，老车啊，你的胆子也太大了，这道虾仁怎么也到不了宋朝，充其量就是民国时期食堂的手艺。

三四年前，大家又聚到一起，老车做了一道“小红低唱我吹箫”，其实就是豌豆泥、芦笋和樱桃，样子是很好看，但大家都没有吃的意思，因为这道菜似乎没有烹饪，滋味肯定好不到哪去。

看着已经包扎好的手指，我是往事历历涌上心头，按理说从前老车的故事，对我是很好的提醒，但我却只是笑话他一下，轻易就过去了。今天烧黄鱼，那可是自己亲身经历的血的教训了。

吃饭

家乡菜

不久前的一天，两位姓陶的老先生找到我单位来，他们是为寻根问祖而来，说我是姓陶的有名气的人，要打听有关家谱的事情。

两位老先生是坐了火车赶到苏州来的，之前已经去了苏州档案馆，他们这样无私的行为叫我很感动，但我实在帮不上什么忙。我告诉他们，自己就是写写文章的小文人，和名人是毫不相干的，我要是算名人，其他姓氏的一定会说陶家没人了，我们可不能闹这样的笑话。另外，根据我祖父和父亲的言行，可以肯定他们一直是很普通的市民，他们有劳动人民的很多美德，也有小市民的一些习气，他们一直为养家糊口而忙碌着，根本管不了修家谱的事情，估计原来要是有家谱，也被他们随便乱丢遗失了。

我只晓得我的曾祖父是金坛乡下人，他生了六个儿子，其中五个去了其他地方，我祖父到了苏州。祖父生前每年春节都要回一次金坛老家，最后的遗愿也是落叶归根，葬在金坛陪老祖宗。我这一说两位姓陶的老先生马上告诉我，在南京找到的家谱中，记载着有一支姓陶的，在明朝的时候，从苏北的陶家洼，迁往江南金坛。我心里说，这就对了，难怪金坛老家的乡亲，基本上是一口苏北话。

我从小是祖父带大的，故而一直要去金坛扫墓，和老家的关系也自然要更亲密一些。老家在金坛乡下，还没有通公路，所以相对比较贫困，村里面有一项政策，上交四百元，就可以搬到离公路较近的地方去居住。而一般人家，离镇上还要十多里路呢。

老家的堂叔见我回来，自然十分高兴，总是赶紧杀一只公鸡，放了春节时候腌的咸鱼咸肉一起红烧，公鸡本来就体积大，加了鱼肉，烧好以后只好用脸盆来装了。

我在苏州是很少有机会吃到公鸡的，后来街上流行过一阵烧鸡公，因为是辣的，我也从没尝过。我曾经问过堂叔，说是母鸡下蛋还可以拿来卖钱换东西，而公鸡除了留种，也找不到其他用处了，就拿来招待重要的客人。人间有重男轻女一说，在家禽中，做公鸡也太悲壮了。

为什么是咸鱼咸肉呢？一来不太富裕的乡下人相对节俭，二来村子离集镇比较远，所以大部分人家都是一两个月才去一次镇上。鱼不是太好的品种，肉烧得也不太烂，但这一道菜，却有一种特别的风味。我在想，陶家要是有重修家谱的打算，应该在附录中把金坛红烧公鸡的菜谱记录下来。

我在清明时候回乡下去，还能吃到一道比较特别的菜，就是红烧肉圆。肉圆也是春节时候留下的，在锅里炸好之后，就浸在猪油中，要吃的时候，把油化一下。肉圆中好像还有榨菜一类的东西，吃起来很松，滋味也不错。前几年我们单位的小郁陪我一起去金坛，他一口气吃了五个。苏州人有个说法叫“把人家吃穷了”，遇上这样的弟兄，就用得上这一句俗语了。

阿姨

以前的阿姨，现在叫家政人员了，连带拖地板搞卫生。而我这里说的阿姨，就是烧饭烧菜的那种。

从前的阿姨分工较细，所谓干一行钻一行，容易出成绩。现在的家政太笼统，更像是单位里的行政领导，从传达文件到卫生创建，从职工吵架到计划生育，都要管也都能做，没有了专项技能，到年底评先进的时候，还要占个份额，能够说得上的优点只是工作认真负责，不迟到不早退罢了。

从前的阿姨可不这样，从前周瘦鹃和文朋诗友们在自己的紫兰小筑里吟诗作画，见到池塘里的荷花，随口对阿姨说，今天烧一道荷叶粉蒸肉吧。我曾经问过陆文夫，对哪一家的阿姨印象最深，陆文夫说是程小青家的阿姨。可惜我没有这个口福。

前几天我去朋友家，到了吃饭的时候，朋友很客气地邀请我。

其实之前好几次也是这样，但我都推托有其他事情回绝了。我这次再要回绝，朋友还以为我对他有意见呢。其实是我对他们家的阿姨有意见。前一个月我去他家吃过一次饭，是下面条，阿姨放了一大锅水，在锅里放上味精和色拉油，说是待水烧开了，面放下去就行了。还说她们老家就是这样下面的。我是在人家家里，总要客气一下的，只好说阿姨你去休息一会儿，我来替你下面吧。

那一天坐下来，饭桌上倒有八九道菜，但看上去很不顺眼，我几乎就只吃了些四季豆，最后一人还有一碗汤，里面是鱼片黄瓜。这两样东西竟然能搭在一起烧汤，真不知道她是怎么出来做阿姨的。

这样的现象有相当的普遍性。有的人觉得，我不会做会计也不会打字，做做阿姨总行的吧。请阿姨的觉得，只要不用我自己烧饭烧菜就行了，就得过且过吧。其实这些都是误区。市场经济发展到今天，怎么来做好阿姨的培训工作，应该提到议事日程上来了。

咸泡饭

好多年前，粮食是定量供应的。不少人家早晚两顿都吃泡饭，有的是因为家里孩子多，孩子都在长身体，粮食不够吃；更多的人家是为了节省小菜而吃泡饭的，这样也把粮食省下来了，多出来的粮票可以和农民换鸡蛋，当时好像是十斤粮票换一斤鸡蛋吧。童年时候的我，倒还是个比较有思想的孩子，当时我曾经想到过，种田的农民粮食怎么还不够吃呢?

咸泡饭一般是晚上吃，中午留下来的剩饭剩菜倒在一起，放上水烧开了再加盐、味精和猪油。现在的猪油好像是犯了错误靠边站的干部，那时候可是红极一时，不过也的确是香。

其实我要说的，是当时老苏州茶酒楼毕师傅烧的咸泡饭，这是秋冬季节我去老苏州茶酒楼吃饭必定要点的一道主食。

骨头汤、鲜虾仁、鲜贝、咸肉、大青菜，泡饭要多烧一会，饭要化开来，最后放一点胡椒粉，然后还要趁热吃。

这和鱼翅捞饭有点异曲同工。饭是没有滋味的，所以最容易搭配，菜往往各有各的个性，搭配得不恰当，味道就串了。这和人际交往是一回事，两个个性强的人，搭成一家人，不愁吃不愁穿，日子还是过不下去。所以我要提醒那些未婚青年男女，你要寻找的是饭，而不是另一道菜。

陆文夫在世的时候，有一次大家一起吃午饭，我也点了咸泡饭，老陆起先有点不屑，结果咸泡饭端上来之后，老陆吃了一小碗，却还要再添半碗，说是倒蛮好吃的。后来老陆住院，关照老苏州茶酒楼送饭时，点过好几次咸泡饭呢。

更多的人全不在意茶馆是什么，什么都是过眼烟云，什么都是身外之物。他们在意的是自己和自己正在经历的故事。

更多的人全不在意茶館是什麼 什麼都是過
眼煙雲什麼都是身外之物 他們在意的是自己
和自己正在經歷的故事

夫子庙小吃

这回去南京是参加颁奖大会，《苏州杂志》又一次获得了“十佳期刊”，这在我们行业，可是一项很高的荣誉，比大会表扬要高，比年度先进要高。这么说吧，假如期刊界也有奥运会，《苏州杂志》不一定就是奥运冠军，但起码获得了参加奥运会的资格。我们自然是在意和重视的，所以提前一天去了南京。

到南京安顿下来，已经是晚饭时间了，我就提议去夫子庙。同事说，南京这么多朋友，随便哪个号码，拨一个按下去就是了。我说如果我们是来培训学习的，那当然要他们热情款待，今天我们是来拿奖的，还是低调一点，谁也不要惊动了。

我们赶到夫子庙，找了一家老字号，要了每人五十元一份的点心套餐，没一会儿服务员把几十只小碗小碟堆上来了。我扫了一眼，实在找不出特别勾人的品种，就抱着一种随遇而安的心情吃喝起来。

我们一路奔波，肚子有点饿了，但桌上的好多东西，实在提不起食欲来，最后剩下了好多。同事说，早就知道是这样的结果了，只是不想扫兴，也不想想，我们是从苏州来的，南京有什么好吃东西啊。我说，你这样说可不好，起码是影响兄弟城市的感情的。

现在记下这段文字，我的内心是充满矛盾的。一方面我们和南京是同饮一江水的城市，这个“江”，不仅是长江的江，而且还是江苏的江，我们到南京来，去夫子庙吃喝，就是捧场。另一方面，一座城市和这座城市里的小吃，有时候可以互相影响的。南京各方面搞得这么好，小吃有一点问题，其他地方的人可以事不关己，我们这些急公好义的苏州人可不能话到嘴边又咽下啊。想到这些，我就决定给夫子庙小吃提一些意见。

我最想提的意见是，这么多小碗小碟，没有一份是热气腾腾的，好多应该热吃的点心，全是不冷不热的样子。不冷不热是做点心的大忌，这和做人一样，要么热情大方，要么形同陌路，爱理不理是最让人受不了的态度。同事间爱理不理会直接影响工作，夫妻间爱理不理肯定伤害感情，甚至就是因为爱理不理，而埋下了婚外恋的隐患。

我要提的第二条意见是，这一家传统老店的点心太平常了，没有南京的地方特色，没有做到人无我有，更没有人有我优的意思，不管三七二十一，什么都上一点。比如有一盅乌骨鸡汤，放在一群点心中，实在不伦不类，如果说点心是贩夫走卒，那乌骨鸡汤就是混在贩夫走卒之间的落第秀才，这一道菜在我们辽阔的祖国大地上，哪儿吃不着呀。我的感觉似乎是被人打发了一下，这个心情直到第二天拿到奖牌才渐渐好起来。

第三条意见就是餐具，小笼汤包之类放在蒸笼里，是意气风发的样子，拿出两只搁在小碟里，就是合唱或者小组唱的演员成了独唱的角色。牛肉粉丝汤，就是要一大碗才见精神，现在放在小碟子里，跟模型似的，几乎有点不成体统了。

从南京回来的当天，南京《新华日报》的王慧骐来苏州，我陪他一起吃晚饭，最后要了一碗面，就是酱油汤打扮，这家饭店居然能端出来，真是给苏州丢人，但王慧骐吃得很开心，还说苏州的面就是好吃。我心里感到很对不起他。

舌头上的读后感

太湖蟹是装在竹木提篮里的，提篮上也没有什么装饰，就是竹木本色，初一看是素面朝天，细一想还有点自信满满的意思呢。

不久前我去一家园林，进门的地方有几张照片，是一些名人的留影，挂这些照片的人或许是希望通过名人来聚集更多的人气，他不知道名人也是冲着这片园林来的。其他人也不是冲着名人来这里的，他们来这里还是因为名胜古迹。所以在生活中要做一个有心人，比如我们要是见到过太湖蟹的包装，或许就能悟通一些道理了。

竹木提篮里还有一些吃蟹的工具，吃蟹的钳子和剔子，蟹醋以及碧螺春洗手液。碧螺春是春天里太湖著名的特产，我喜欢在餐前泡一杯，感觉嘴巴里身体里有点清气上升的意思，然后再吃大闸蟹，滋味越发鲜明了。

或许洗手液仅仅就是用了碧螺春这个名字，但我以为是用碧螺春茶叶制作的洗手液，心里有点过意不去。一方面似乎是过于奢侈，另一方面碧螺春在我心里是名门闺秀，现在却干起了丫鬟的营生，也太委屈她了。

不少人吃蟹的时候喜欢喝一盅黄酒，我就喜欢喝一杯碧螺春，我觉得碧螺春和太湖蟹搁在一起，有点霸王别姬的意味，对于它们来说呢，也是一次团聚。

接下来让我说一说装在竹木提篮里的太湖大闸蟹吧。

其实并不是生长和养殖在太湖里的大闸蟹都是出类拔萃的，这和上戏曲学校一样，说起来是一样的课堂一样的老师，但并不是每一个毕业生都是字正腔圆，能成名角儿的，有的只能跑跑龙套，有的就只能去当票友了。

大闸蟹呢，应该是一样的品种，太湖也是一样的四季分明，常年气温变化不大，但水底下的结构是不相同的。比如东太湖水草茂盛，种类繁多，底栖生物丰富，而且养殖水面广阔，所以这里出产的太湖蟹品质要优秀许多。

好比是两个孩子。一个来自贫困家庭，四世同堂，却只是居住在三十多平方米的老房子里；另一个家境小康，三口之家，住在一百多平方米的新房子里。他们各方面的条件明显是有区别的，人还可以发奋图强，在逆境中奋起，蟹却只好认命啊。

人无高低贵贱之分，蟹还是存在优劣好坏的区别，质地比较差的蟹，自己内心已经自卑了，再去嫌弃它实在是于心不忍，这些蟹比较适合做蟹粉小笼、蟹粉豆腐，也是物尽其用了。现在我们拿东太湖的蟹来说事，也就是我面前竹木提篮里的大闸蟹，它们个个都是天生丽质，所以最好的吃法就是素面朝天。

所谓素面朝天的吃法，就是清蒸之后蘸姜醋，这是对优质大闸蟹最好的待遇。

生在苏州，昨天还在阳澄湖吃蟹，今天又到太湖来吃蟹了。因为太湖蟹，我去阳澄湖时，觉得是在搞婚外恋；因为阳澄湖蟹，我去太湖时，又觉得是在偷情。文人都是心地善良的人，其实是没有什么的，好比你遇上一个对象，谈一阵恋爱之后也很投机，然后谈婚论嫁，这时候你肯定要了解一下，她籍贯是哪里，但这个籍贯和她为人如何与你娶不娶她都不相关了。

一年去两次阳澄湖边

这个题目是套用一句广告词得来的，写文章讲究另辟蹊径，这回为什么很明显地走到别人的路子上去呢？因为最近正好在提倡节约能耗，我们做文人的，虽然不在生产第一线，也应该以自己的方式响应一下。

去阳澄湖边，肯定是说吃蟹的事情了，实际上一年去两次不止，两次保底，上不封顶。这是沿用现成说法的坏处。

秋天是我一年之中最生龙活虎的季节，为什么呢？就是因为大闸蟹。我母亲也特别喜欢大闸蟹，没想到这也能遗传，基因这东西，真是太奇妙了。

再回到去阳澄湖边的话题上来，头一回差不多是八月份吧，正好是“六月黄”上市的当口。我曾经在一本书上看到，“六月黄”是指七八月间上市的隔年陈蟹，这个说法我却一直没得到验证，因为我见到的“六月黄”，全是正在生长中的小蟹。

今年八月初，朋友约我们去了阳澄湖边一个名叫“美人腿”的地方，这真是一次很开心的吃喝，除了“六月黄”，还有野生的甲鱼黄鳝之类。“六月黄”虽然个子小，但已经很饱满了。朋友还告诉我们区别野生和饲养甲鱼的方法：野生甲鱼的油是金黄色的，饲养的是白色的。后来在另外一个地方，也有人告诉我，野生的身强力壮，一下子能翻过身体来，饲养的翻在那儿，完全是力不从心的无奈。那一天大家饱了口福，我还即兴写了一首小诗：“六月黄，甲鱼汤，野生好男和超女，阳澄湖边最风光。”

“六月黄”最好的吃法还是清蒸，按照做大闸蟹的惯例来，也有烧油酱蟹或者炒年糕。现在社会上饭店多，大家创造性的思维也丰富，我的朋友发明过一道“八宝汤”，就是将“六月黄”加上黄鳝、甲鱼、河虾、火腿之类炖汤。这就是典型的眉毛胡子一把抓啊。

然后没多久就是霜月秋风，真正的大闸蟹上市了。我的书法老师就在阳澄湖边工作，我打电话给他，约定吃大闸蟹的事情。老师很乐意地安排，因为一个对吃喝兴致勃勃的学生，一定是热爱生活的，热爱生活是写好书法的基础，而能够指挥老师的学生，基本上已经是情不自禁地露出了青出于蓝的端倪。

蟹八件是吃大闸蟹的工具，现在经过精简之后，留下了两到三件，但我吃蟹时从来不用这些玩意，吃蟹的饭桌又不是车、钳、刨的机床，用工具会减少好多乐趣。

蟹八件

我说的蟹八件指的是和吃蟹相关的一些话题。

十多年前的一个深夜，我和叶角老师骑车经过干将路上的一家饭店，看到店门口的优惠招牌，说是十元一只太湖蟹。我们就停好自行车去了店里。这时候差不多已经是晚上十点多了，厨师也早下班了。看门的是个外地年轻人，说是从来没有玩过灶头上的事情，我说你替我们在鱼缸里抓二十只蟹，其他的我自己来操作好了。一开始我还要他去准备调料，年轻人认真地倒了一碗醋和酱油，里面还放了蒜泥和辣椒。所以最后调料也是我自己动手配的。

蟹是二两左右一只，但已经很结实了。我们坐在临街的窗前吃蟹，具体说了些什么，已经记不得了。我印象比较深刻的是，叶老师吃蟹速度惊人，我的耳边全是“咔咔”的声音，叶老师完全是一台吃蟹的机器。

这是我吃蟹数量最多的一次，这件小事说明，我是十分欢喜吃蟹的。这个习惯的养成，可能和家风有关。我虽然出生在普通劳动人民家庭，但毕竟是苏州人。苏州人平常过日子比较节衣缩食，但遇上大闸蟹之类的时鲜，却是义无反顾的样子。我还记得，我小时候的大闸蟹相对便宜，差不多是猪肉的价钱，好像七毛多吧。做做吃吃的劳动人民，完全是一副勤俭持家的样子，比如我们家，当时一斤猪肉要分两天吃，但遇着大闸蟹上市，却是要吃两三回的。一到吃大闸蟹的日子，我们家的伙食就更加简陋了。我母亲是一种羊毛出在羊身上的做法，是一种拆了东墙补西墙的做法。大家也没有意见，只是我妹妹不太好吃大闸蟹，所以每次吃蟹，她都能拿到两毛钱的伙食补贴。

朋友们知道我喜欢吃蟹，遇上这样的机会，总要捎上我。比如诗人小海，每年要请我们去巴城吃一次蟹。第一次是他主动提出来的，那一次蟹宴真是让人终生难忘，最后一道点心也是大闸蟹烧咸泡饭，这是多么奢侈的一个细节啊。之后每到秋天来临，我们就打电话给小海，我心里一直觉得，小海有点湿手捏了干面粉的感觉。

吃蟹是需要专心的事情。我最怕的就是吃蟹遇上客人晚到或者要提前离开，我指的是需要握手的客人，即使不握手，总得要寒暄几句吧，这时候真是叫人难堪。还有一件让人扫兴的事情，就是吃到一半突然有电话来，我一般是不去管它的，就怕对方是个较真的家伙，电话铃一直在那儿响，这也是很别扭的场景。我觉得秋天的时候，移动公司可以增加一个提示业务：“对方正在吃蟹，请稍后再拨。”这是很人性化的一项服务啊！

我要说的蟹八件，其实也没有八件事情，在这里八是泛指，就是比较多或者说是相关的一些事情。

吃饭

城西大馄饨

不好吃的东西大致相近，好吃的东西各有各的好吃。

龙泉最著名的风景就是龙泉山，龙泉山海拔一千九百多米，据说是江浙地区最高峰了。邀请我去的朋友是碧螺春集团的汤泉，汤泉说，去玩玩吧，四五个小时就能到，我们去吃一些山珍野味。结果从苏州到龙泉花了八个多小时，再坐到饭桌前，根本没有野味，山珍就是香菇了。汤泉看着我笑，他也是第一次到龙泉，四五个小时和山珍野味，全是他朋友告诉他的。

一桌子的菜，合我胃口的真的不多，有两道凑合能吃吃，却是放了好多辣。这是山区菜的一大特点，他们恨不得饭里面也放一些辣椒水呢。偏偏我是不吃辣的，一点都不碰。最后我对服务员说，上一份泡饭，再给一点酱菜。服务员问我什么是泡饭，我说就是白粥，饭里面多放水，烧成稀饭。泡饭端上来，倒是白粥

两碗茶

（唐）白居易

食罢一觉睡，起来两碗茶。
举头看日影，已复西南斜。
乐人惜日促，忧人厌年赊。
无忧无乐者，长短任生涯。

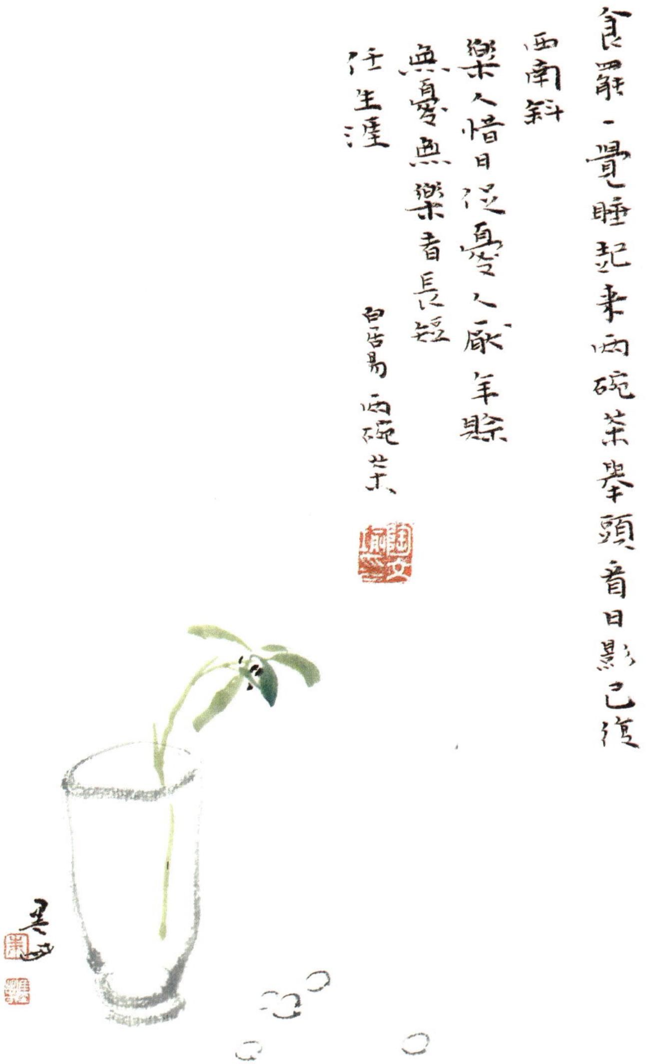
食罷一覺睡起來兩碗茶舉頭看日影已復
西南斜
樂人惜日促憂人厭年賒
無憂無樂者長短
任生涯
白居易 兩碗茶

的样子，尝一下，竟是放了盐和味精，而且酱菜也是辣的，真叫人灰心到了极点。我就像一个被拐骗的妇女，山山水水赶了一路，然后来到异地他乡，和一个毫不相干的男人成亲。最后有机会趁着别人喝酒划拳时的混乱溜走，心里还想着总算生米没有煮成熟饭，谁知道村口却是新郎的大哥和侄子把守着呢。现在真要见到这样的妇女，我和她抱头痛哭的心思都有了。

第二天大家要去庆元看廊桥，我一点心情也没有，只想待在宾馆里休息。中午的时候，找到一家小饭店，我对老板说，把你最拿手、平时大家点得最多的菜烧出来，不要放辣。老板烧了三道菜，却很难说出名字，我现在只记得有一道叫鸭肠什么或者什么鸭肠。龙泉菜第二个特点是混在人堆里的样子。其实菜和人是一样的，不是随便就可以搭在一起的。我突然想起一句题外话来，苏州的好多菜馆，老是喜欢用胡萝卜做点缀，这真是很要命的一种做法。烧熟的胡萝卜，天生一副贱相，口感也很差。中餐里就没这道菜，西餐里胡萝卜用得多，这是外国人的事，外国人说胡萝卜营养好，只能由着他们了。我要对商家说，做军火挣钱，他们也不能把机枪放在家电柜台上卖呀。

回过头来说这三道菜，乱作一团不说，厨师还是放了辣椒。我说不是叫你不放辣吗？厨师回答我说，不放辣怎么烧呀，我还只放了一点点。我说要不你就替我炒一份蛋炒饭吧，多放两只蛋，多放一点葱。没一会儿蛋炒饭好了，厨师竟然在饭里放了酱油，葱是起锅之后撒了一大把在碗面上。

我们第一天到龙泉吃过晚饭，已经十点多了，我肚子依然饿着，就去街上走走。在宾馆附近，有一家小吃店叫“城西大馄饨”，我就进去要了一碗。酱油汤里放了些紫菜，馄饨馅就是鲜肉芹菜。我要老板别放辣，吃起来比较合我的胃口，我这时的心情仿佛他乡遇故知。

新南腔北调集

这个稿子是在南京写的。作家和运动员不同，运动员老是走南闯北地比赛，而作家基本上是在自己家的书房里写作，所以主场作战惯了，换了一个地方，还真不太适应。

我的儿子和车前子的儿子都是十中高三的学生，他们有志于影视行业，说是要报考南京艺术学院。我认为我儿子想象力一般，就比较委婉地说，艺术靠的是天赋和勤奋。我儿子很认真地说，自己已经占了一条，我还以为他要说勤奋的，结果他说是天赋。我还能说什么呢？正好有老车搭伴，一起到南京来，这一晃竟是半个多月过去了。我和老车都是老艺人了，两个孩子如果考上了，还真是应验了子承父业这句俗语了，还好我们是搞创作的，我们要是搞航天事业的，这两个孩子不是更让人操心吗？

我是要说吃喝的，一扯上孩子话就多了。苏州人有句俗话，到什么山砍什么柴，要不就说说我们在南京的吃喝吧。南京的地理位置决定了南京的吃喝有点亦南亦北。其实就是不南不北，但你要说不南不北南京人不开心呀，亦南亦北就有点兼收并蓄的意思了。

我们到南京的第二天，看见南艺后门口有一个卖梅花糕的摊子。摊子前明显地写着“苏式小吃”，梅花糕的式样和做法也和苏州的仿佛，不同的是，师傅在梅花糕上撒了好多小圆子。这一项改革还真有道理，梅花糕作为点心的身份淡化了，吃饱肚皮的意思却加强了。

做梅花糕的师傅还年轻，是一副对生活心满意足的神情，人也和气，我们在等着新鲜的一锅梅花糕出炉，师傅就和我们聊起来。一会儿场面开始冷了，我觉得有点不好意思，就指一指身边的老车说，他是来报考南艺表演系的。老车很矜持地点头一笑，师傅看老车的眼光更亲切了。

我们住在南艺边上的一家酒店，这里应该是城市比较边缘的地带了，杂七杂八的吃喝很多，值得一谈的却几乎没有。这几天我也一直在想着要写一篇有关吃喝的文章，暗自庆幸自己亏得生在苏州，才能写出来这么多的吃喝文章，从这个意义上说，生活是创作的唯一源泉，这话还真有道理。

我一向不出远门，主要的一个原因就是外地的吃喝自己做不了主。最初我仅仅是好吃，现在要写吃喝文章，从一个自发的吃喝者，成为一个自觉的吃喝者了，就是说为了广大读者，我也应该吃得更多吃得更好啊。

我们先是把一日三餐化整为零，这个零是零碎，少吃多餐，感觉什么都要尝尝，始终怀着这样一个希望，就是下一道可能是可口的吧。但周围的伙食实在不能将就了，这个有点和婚姻差不多。遇上吵架的夫妇，局外人总是劝和不劝散的，其实好多事情真是甘苦寸心知啊。于是我们就情愿多走一些路，把吃喝的范围扩大。这一扩大，竟然开出了另外一番天地。

吃饭

新南腔北调二集

《南腔北调集》是鲁迅先生的作品。我这里说的新南腔北调，指的是南京的饭菜，集就是集中的意思，二集要说人了，这个人就是诗人老车。

上回说到我和老车陪同各自的儿子去南京考试，十多天吃的全是宾馆附近的饭菜，大家实在受不了了，就叫来出租车，上别的地方去吃喝了。

原来我们常去的一家快餐店，差不多有二百多个品种，我第一次进去看菜单，以为是一首长诗呢。我们坚持吃了几天，最后再也挑不出吃什么了。说起来家里的一日三餐，也是几道菜翻来覆去地吃，却有滋有味，一辈子也不厌倦，这里面的道理，快餐店肯定没想过。这家快餐店还有一个我看不懂的地方：明明开在南京，店堂里张贴的却全是宣传镇江小吃的广告，镇江三怪之类的，难道他们也知道自己的水平太次了，怕顾客说闲话，让镇江人去背黑锅了？好几个月前的一个深夜，我和报社的一位朋友一起去阊门附近的一家粥摊喝粥，朋友看到摊头上的豆浆，非要叫上一碗，然后一边喝粥，一边喝豆浆。我只好比较大声地对他说，你从上海到苏州这么多年了，习惯还没改掉啊？他问我，为什么说他是上海人呢？我说我可不愿意苏州人被人家说三道四。这家快餐店倒是和我一样的路数。

谁知道出来找饭店，看上去选择的余地大了，其实却是更加为难。这跟相亲差不多，经人介绍第一次见面，毕竟是一对一的服务，现在搞万人相亲，热闹了半天，反而有可能什么结果也没有。

一路过来，我们四个人起码有四个以上的主意。我一直关注的是有附近地域风味的菜馆，老车却是坚定地予以否决。他喜欢的饭店全与几千公里以外的地方有关，云南、贵州、四川、湖南等，每次进了这样的菜馆，他总是抢过菜谱，有点如数家珍似的点菜，那些我听都没听过的名字，他叫起来好像在喊着少年伙伴的小名。老车生在苏州，后来又去了京城，但我觉得，老车的籍贯不是苏州，也不是北京，老车的籍贯是祖国。

我们还去了一家几乎没有一点生意的饭店，大家本来想转身离开的，但看到服务员殷切的目光，我们有点不好意思，一致决定就坐下来对付着吃点吧。吃完饭我问服务员要餐巾纸，服务员很抱歉地说，不好意思。这时候老车却不声不响地在口袋里掏了一会儿，然后发给每人一张餐巾纸，我只看到我那张上面的字样是“澳门豆捞”，我儿子那张上面的字样是“老苏州茶酒楼”。我还想问服务员要个牙签，老车又从口袋里掏出一个雁荡山什么饭店的牙签，还说了一句“没用过的”。

两个孩子似乎有点暗暗想笑的趋势，我只好说，搞艺术首先要处处做个有心人，今天就给你们上了生动的一课。

我和老车是二十多年的朋友，无论是艺术还是人生，我从他身上学到过不少东西。现在我们都是人到中年，我以为自己学得也差不多了，这一次南京之行，才知道我学到的只是冰山一角。所谓活到老学到老，说得有道理。

回家过年

这几天接连参加了两次写春联活动，一次是去农村，一次就在市区，我还希望组织上安排一次去部队干活的机会，这样作为一名省书法家协会会员，报答人民群众的愿望，基本上就实现了。

吉祥的话语，一笔一画写出来，感觉年真的近了。过年最大的主题就是吃年夜饭，回想起来自己长大成人之后，年夜饭基本上是在饭店里吃的，这是很混在人堆里的方式，熟悉的人还要敬酒，有老人坐着，还要毕恭毕敬一点。当然我这样想实在是欠修养的表现，文明礼貌本来就是应该的品德啊。说到底要是吃得好一点，装回孙子又有什么呢。问题是这些年来，我几乎没有吃到过像样的年夜饭，大部分是开会时吃工作餐的感觉。冷菜是冷的，热炒也是冷的，大家在同一时间聚在饭店里，生意太好了，主观上有点皇帝女儿不愁嫁的感觉，客观上也的确是忙不过来。陆文夫去一家饭店吃饭，厨师听说是美食家来了，打过招呼以后就问老先生有什么讲究，老陆只说了一句话，菜要一道一道下到锅里去。这话说得太平常了，却是真理，我甚至觉得，老陆对于美食的贡献，首先是小说《美食家》，接下来就是这句话了。家常菜为什么好吃，就是因为一道一道下锅起锅，年夜饭为什么不行，五六份虾仁一起炒，明明是优秀的独唱演员，偏要让她混在合唱团里，对于演员和听众，都是很大的损失。

在饭店吃年夜饭，看上去是省力省心了，其实过年前一家老小风风火火的忙碌，那是很人间烟火气的快乐。我父亲退休前在火车站工作，估计和乡镇联系较多，过年能收到好多青鱼，做了熏鱼，再腌起来一些，还能多好多条，就拿了送给邻居。前几天我坐在朋友车上，朋友随意变道，违反交通规则，我一看把我们拦下来的警察，竟然是我们邻居家的女婿，他们家可是年年吃我父亲送的青鱼的。当然他是不认识我的，那时我还是个中学生。我赶紧说你不是某某的老公吗，我们原来是邻居啊。警察面无表情地说，那是我前妻，请你体谅我，哪怕是我现在的老婆，违反了交通规则，一样要处理的。他或许不是一个好丈夫，但肯定是一个好警察。

青鱼尾巴红烧以后就冻在那儿，这是要留在大年夜吃的，说起来叫有头有尾。除了鱼的事情，还要做小蛋饺，做笋干红烧肉。大人做蛋饺的时候，小孩子多半在边上，等着吃做坏的蛋皮。但我父亲是高手，几乎只只成功。他本来不是个心灵手巧的人，偏偏蛋饺做得十分出色，邻居们见到了都夸赞他，这一来他做起来更小心，所以我从小就没有在煤炉边等吃蛋饺皮的习惯。另外我们家的笋干红烧肉也很出色，是一副沉得住气的样子。不像饭店里的，颜色很艳，但吃起来味道很寡淡，所以我觉得饭店里的笋干红烧肉仿佛风尘女子。

就凭着这些回忆，我在心里打定主意，今年要在家里吃年夜饭了。

吃饭

一个人的茶话会

一年到头，从头再来。新的一年里，首先祝各条战线上的干部群众身体健康，万事如意。这是开春后的第一篇文章，新年新岁里，我想以茶话会的形式来完成这篇文章，就是东一榔头西一棒槌吧。

传统的做法，新年里第一次开张，先要纪念一下祖师爷。读书人的祖师爷是孔子，但毛笔是蒙恬发明的，按照惯例也可以纪念蒙恬。我们现在写作都用电脑了，这个行业的大亨是比尔·盖茨。我是用五笔字型输入法打字的，那又是王永民发明的。而我写的是美食文章，又和灶王爷有关，但灶王爷和前面几位文化人是两个系统的领军人物，开个茶话会就这么复杂，难怪单位里的办公室主任不好当。

我为什么要坚持写这个美食专栏呢？说起来一日三餐对于我

尝茶

（唐）刘禹锡

生拍芳丛鹰觜芽，老郎封寄谪仙家。

今宵更有湘江月，照出菲菲满碗花。

生怕芳叢鷹觜芽老郎封寄謫仙家今宵
更有湘江月
照出菲菲滿碗花

劉禹錫嘗茶

们来说太司空见惯了，多得有点烦了。人生按七十岁记，一生要吃七万六千六百五十顿饭，去掉身体不适、消化不良、放弃吃饭的因素，七万顿以上也是肯定有的。现在大家生活条件好了，人活到八十开外是很平常的事。科学家还说，过不了多久，大家能活到一百二十岁，这要吃多少顿饭啊。你要是不培养自己热爱吃饭的心态，这日子一天天的可怎么过呀，而写吃喝文字的作家，就是很好地处理了这个难题的人士吧。他们是一些高瞻远瞩的有识之士，他们要使这些平常的吃喝产生出新意来，让你从厌烦吃喝到热爱吃喝，从一个不自觉的吃喝者，成为一个自觉的美食工作者。

我们不仅要去寻找、品尝各式各样有特色、有滋味、有品质的饭菜点心，还要把它们介绍推荐给广大读者，所以美食文章和其他文章不同，生产成本相对比较高。你还不能开口要求编辑提高稿费，他要是回答你，那么写旅游文章的是不是还要我们报销车票呢？那等于是把杠搁好了让人家来抬啊。好多作家写情感文章，但大家都去谈情说爱，也不利于和谐社会的建设呀。更何况苏州人对于吃喝，是那样的欢天喜地。

不久之前有一条新闻，说苏州人的吃喝占了全省的四分之一，为江苏之首。有人马上提出来，说这样的新闻几乎就是负面新闻，没什么值得报道的，更没什么值得津津乐道的。我认为说这话的人起码落后于这个时代二十多年。媒体一会儿报道苏州的国民生产总值在全国名列前茅，一会儿报道苏州被评为全国卫生城市，外地人还以为苏州人除了上班下班就是打扫卫生呢，现在有了这一条新闻，说明苏州人既会好好工作，也能好好享受生活。

苏州美食文化的群众基础这么好，作为一个文字工作者，能够以自己的一技之长，为大家尽一点绵薄之力，那不就是我为人人、人人为我吗？

我的发言完了，谢谢大家。

胥城美食

胥城大厦二十年店庆，要把二十年来经营的冷菜热菜选择出来一部分，编辑成一本小册子。这是很好的纪念，我们文人也是从生活的菜场里，将原材料带回家，然后在书房里加工一下，做成一篇文章，写了一阵子，选出一部分编辑成书。这至少说明，烹饪和写作基本上是姐妹艺术。

只是“记苏州美食”这样一个题目，却不是三言两语可以说得清的，夸张一点讲，当一部书来写，还要分上下册呢。所以我现在的文字，只不过是一个梗概罢了。

说起苏州美食，首先要提到的是苏州的物产。苏州的物产实在太丰富了，你要一年四季一一道来，就是半本书的内容了。

除了丰富的物产，更重要的一个特点，就是苏州人对美食的追求和欣赏。还是用文章的说法，就是苏州美食具有广大的读者。

当年乾隆皇帝下江南，在苏州听了王周士的评弹，觉得意犹未尽，就干脆将王周士带回北京去了。王周士在皇宫里说书，十分地别扭，乾隆听起来，好像是基层干部在向上级领导汇报工作，大家都感觉没趣。为什么呢？评弹就是一呼百应的艺术，两个人坐在那儿，只能是促膝谈心啊。美食呢，其实也是这么一回事。

随着时代的发展，饭店里的吃吃喝喝多了，原来逢年过节家庭里的欢聚一堂都放在饭店里进行了。如果说家庭里的巧媳妇做饭就是在自己博客上写作的话，饭店里的厨师烧菜就相当于为《苏州日报》副刊写的文章，看的人要多一点吧。人多了就有众口难调这个问题。我很喜欢胥城大厦的奥灶面，有一阵觉得汤水变得清淡了，我把这个想法向胥城大厦的老总朱巍提出来。朱巍说，有一些顾客提意见，说是汤水太油了，所以我们做了一些改进。然而没多久，奥灶面还是改回到原来的味道，我想有我这样感觉的人，应该也不在少数。饭店讲究的是“守株待兔”。俗话说百姓百心，众口一词是不可能的，树要是挪来挪去，反而没有兔子撞上来，而且费了手脚还吃力不讨好。

现在好多人吃饭都有自己比较固定的饭店，节假日呼朋唤友地聚一下，这个时候，一家固定的饭店就是自己的另一个家了。比如我，固定的饭店就是胥城大厦。

洞庭饭店和老茶馆

生活是创作的源泉，这话真的在我身上得到验证了。

我的儿子在十中上学，今年就要高考了。十中的柳校长很严肃地对我说，这一阵晚上要尽量待在家里，倒不是要你辅导功课，而是你在家孩子的心里会比较踏实。说实在的，我原来也不太喜欢在外面吃喝，好多次就是想到了“纸上烹饪”的写作才出去，完全是工作的需要。现在天天晚上待在家里，孩子的确踏实了，但我的写作却遇上了难题。也幸亏我搞了几十年文字工作，对于创作原理的认识和掌握还是比较全面的，不能用源泉只好用积累。源泉是皮夹里的钱，积累是银行里的存款。我的银行存款有两部分，一部分是明清吃喝，这些我没有亲身经历过，全是书上看来的。我一直觉得《百家讲坛》挺神的，那些嘉宾们说得头头是道，跟当事人似的，这就是艺高人胆大。我吃的是技不如人的亏，有好几次想写一写《红楼梦》里的吃喝，却觉得自己也是从书上看来的呀，怎么下得去这个手啊。还有一部分就是平时积攒下来的，比如洞庭饭店和老茶馆，我一直觉得这是东山镇上最吸引我的地方，是一个私密的去处，我把我的私家珍藏都拿出来换钱了，看上去是有点可怜，其实我是对读者真心好啊！

洞庭饭店在东山镇政府斜对面，最值得说的倒不是它的烹饪，而是店面和服务。店面似乎还是二十世纪七十年代初的装饰，服务也沿袭了以前的做法，吃客先是在售票口看菜单买筹，再到店堂里凭筹等菜，真是执着和旧气。有一回我们去二楼吃喝，要添一瓶啤酒，喊来服务员是没用的，服务员认筹不认人，只有先到楼下买了筹，再回到楼上换啤酒，最后我们要两小碗饭，还是这样的程序。二楼的服务员五十左右，我叫她妹妹，她十分开心，说是自己中学毕业就来洞庭饭店上班，在这儿干了三十年了。我说三十年前的妹妹，肯定是东山镇上的美人啊，妹妹很开心地笑了。

洞庭饭店的拿手菜是红烧甩水和响油鳝糊，油爆虾也新鲜饱满，但是偏甜了。

老茶馆在离洞庭饭店不远处的东山老街上，是这里传统意义上最古老的茶馆了。经营茶馆的老太太已经八十多岁了，还是每天开门营业。老太太每天早上四点钟就起来生火烧水，第一批客人是山那边的三个老头，他们到茶馆里来，要翻过一个山头，一般是清早四点半赶到。这时候老太太烧在灶上的水，已经开了。

自带茶叶，每位五毛。有一次我多给了一点钱，老太太到街对面的小店买了一些瓜子花生之类，放在桌子上。这叫我内心感动，反而不好意思了。

地方志办公室的叶主任是东山人。前年过年的时候，他东山老家的人送了一些自制的糕团，是菜苋团子和一种叫雪饺的甜点，他分了一半给我。我人缘好，一直能收到朋友请吃饭的邀请，却从来没有不好意思或者十分感激，但雪饺和菜苋团子实在太好吃了，我一直记着，觉得欠了叶主任一个很大的人情。

之后好几次去东山，我都四下去寻找这两样点心，但只看到台湾香肠和炸鸡翅之类很平常的东西，所以洞庭饭店和老茶馆在我心里的地位就更重了。

吴门人家

吴门人家开在小巷子里，真是很有创意的想法，经营者要么是经过深思熟虑，要么就是歪打正着。我们全是在小巷里长大成人的，上学放学，小巷里多少从前的旧事说过去就过去了。不太会写文章的作家或者提拔不久的科级干部，还能够想到去从前的小巷里走走，而大部分人早出晚归地为生计忙碌，要不是去吴门人家吃饭，几乎从来也没有过回到小巷去的念头。这一家饭店，就是自己住过的老宅，就是以前的街坊邻居，它使好多对于从前草草了事的人，多愁善感起来了。

小巷子里的吴门人家，对于好多开饭店的，都是提醒和启发。现在好多新开的饭店在装修上下功夫，还要做一些文化上的文章，昆曲呀园林呀，对不准大家的心思，你把拙政园搬到包厢里，一样无济于事。好比苏州人迎亲，欢喜凑来一些高档轿车，组成一个车队，风风光光地穿街而过。其实用什么车子几乎是无关紧要的，娶回来怎样的新娘，才是最大的主题啊。

吴门人家的老板，是已经退休的沙阿姨，这又是一个很得人心的卖点。我们身边的老人，走的走了，老的更老了，一晃自己也人到中年了，来到吴门人家，听沙阿姨啰里啰唆东说西说，感觉遇上了小学同学的妈妈。

吃家常菜，就是要吴门人家这样的氛围。我去过好多饭店，它们也在经营家常菜，坐在雕梁画栋的房间里，总觉得这份家常菜有点假客气的意思。

第一次去吴门人家，打动我的是一道糖醋小排骨。这道菜是我母亲的拿手菜，新鲜的原材料生爆之后加上作料，起锅前勾芡再浇上香油，这样的滋味厚重而有层次。母亲去世之后，我再也没有尝到过这样的滋味，有几次突然冒出来吃糖醋小排骨的念头，饭店里的大师傅说只有大排骨，要么改改刀。大排骨改了刀依旧是大排骨，我只好去另一家饭店，大师傅在肉骨头里加点酱油加点糖醋就端上来打发我了，骨头还泛着白，应该是烧了排骨汤的原料拿来再利用的，真是搞笑。而那一天在吴门人家，却是尝到了我心里想念的滋味。吴门人家的厨师八十开外了，之前在好多饭店待过，却一点也没有大饭店的做派，但对于家常饭菜，却有一番独到的领悟，这刚好又与吴门人家的格调十分默契了。

还有一道虾饼子，顺便也要推荐一下，虾仁打成泥，和了蛋清、面粉一起油炸。童年时候，父母手上稍微宽裕一些就会做这道菜，说是菜，其实有点点心的意思，反正我是当点心吃的。刚炸好时最香，我是先吃完了拉倒，结果只好吃一顿白饭，我妹妹也吃白饭，她是把虾饼子放到最后吃的。这件小事也说明，我从小就是个容易一时冲动的孩子。

每吃虾饼倍思亲。我曾经要了一份虾饼子，回家带给我父亲，老父亲吃得有滋有味，最后说了一句，不如你妈妈做的。想起母亲，我的心里很难过。

叶老师

在蓝色书店吃年夜饭，叶老师也去了，他从娱乐圈调到学术界工作之后，我们还没有遇到过，饭桌上见面，自然十分开心。

叶老师是很资深的美食家，文章写得也好。大家平时和叶老师一起吃饭，基本上就是参加烹饪学习班，就事论事的话题是这道菜的刀功、火候、咸淡，触类旁通的说法是这道菜引申出来的风土人情天文地理，顺便还要说到服务态度和操作要领。

不少人和叶老师一起吃饭很受启发，他们原来到饭店里是参加物质文明建设的，却意外得到了好多精神文明上的修养和财富，差不多就是遇上了天上掉馅饼的好事。也有人觉得叶老师有点讨人厌，好像他的嘴巴带到饭店里来，不是用来吃吃喝喝的，而是用来说长道短的。比如叶老师的兄长，说起来我要叫一声师伯呢，师伯就明确表示，和叶老师一起吃喝有点吃力，说自己的兄弟太烦了。然后下次大家聚在一起，叶老师依旧我行我素。我个人认为美食普及任重道远，就应该像叶老师这样苦口婆心。话再说回来，叶老师多年来养成了这样的作风和习惯，原则上只能适当修正，你要他一下子换成另外一个样子，这是很强人所难的想法啊。

我和叶老师在一起吃喝的机会还是比较多的，叶老师有关吃喝的言论，我不是太往心里去，为什么呢？因为我也要写一些美食文字，我要听得多了，相当于窃取商业机密，这是没有职业道德的行为，我要真这么干了，估计一次两次叶老师不会和我计较，日子一长，叶老师未必就没有想法。前几天我还从电视上看到，一家药厂用了另一家药厂的配方，最后打官司，那个药剂师还被判了三年呢。

但叶老师说起和美食不太有关的故事，我还是要记下来的。那天在饭桌上，叶老师说起他夫人，就是师母。每天快要下班的时候，师母总会发个短信给叶老师，短信的内容只有一个问号。叶老师要是不回家吃晚饭，回一个句号；叶老师要想回家吃饭，回一个感叹号。

“看到感叹号，她就会很开心地去买菜烧菜，买条鱼呀，买点蔬菜呀；看到句号，她心里就很失落，看看冰箱里的东西，有什么吃什么。”叶老师饱含深情地说了这一番话，叫我十分感动，

煎茶

（宋）成彦雄

岳寺春深睡起时，虎跑泉畔思迟迟。
蜀茶倩个云僧碾，自拾枯松三四枝。

嶽寺春深睡不起虎跑泉邊
思遲遲
蜀茶清个雲僧碾
自拾枯松三四枝

戊戌雄 燕菜

我觉得这番话比他所有的美食言论都精彩，人间真情才是天底下最好的美食啊!

我还联想到另外一个话题，快要过年了，好多人家都上饭店去订年夜饭，看上去是省力省心了，其实未必合适。这一年过去了，却不是一个句号，而应该是一个感叹号啊。

唐震球

一九七七年，唐震球还是江阴县一所乡镇医院的医生，上级领导派他到苏州第四人民医院进修学习，为期两年，那时候苏州第四人民医院叫专区医院。唐震球在进修学习的时候，我就居住在专区医院对面的一条小巷里。这一年我读小学五年级，课余时间也去专区医院玩过几次，从道理上说，二十年前，我和唐震球应该打过照面。

一晃二十年过去了，唐震球调至江阴市园林旅游管理局工作，并且和苏州画家夏回成了很好的朋友。据夏回介绍，江阴市园林旅游管理局食堂里的老师傅身怀烧家常菜的绝技。这一点对我很有吸引力，几经联系，趁着双休日去江阴，这样，我又见到了唐震球。

有人要说了，为了一顿家常菜要跑上百把公里路，是不是好吃得有点过分了。没有办法啊，我要进行“纸上烹饪”的写作，而生活是创作的源泉，一定要有更多的体验，才能使自己笔下的文字生动丰富，所以我是个好吃不懒做的人。

我的职业是作家，但人来客往的时候，关于写作的话题说得很少。这一点好比变魔术，表演是可以的，要他闲话一番，不是戳穿西洋景了吗？亏得我还是书法爱好者，遇上新朋友，一般总是谈谈书法什么的。偏偏唐震球也是个书法家，苏州才被国家命名为“中国书法名城”，我要是太业余，个人丢面子事小，说不定人家会对苏州产生想法。决不能因为个人利益而损害集体荣誉，所以我咬紧牙关没有说出自己也是书法家，反正我是来吃家常菜的，就说了些吃吃喝喝的话题。真是没有料到，唐震球竟然是一位烹饪高手，而且比我还热心谈这个话题。一开始我觉得面子上有点下不来，竟然提出来找个机会一起到厨房里华山论剑。唐震球很爽快地答应了，而且真诚又毫无保留地说了几道看家菜的做法，这相当于人家把武林秘籍告诉我了，让我觉得真不好意思，也更加明白了做菜先做人的道理。

唐震球说起的两道菜对我很有启发，一是椒盐鲫鱼，用干净棉布将杀好洗干净的鲫鱼里外擦一遍，放入油锅中煎炸，至鲫鱼松脆，起锅前撒上椒盐粉。第二道菜是炸粉丝，将山芋粉丝切成两寸长短，放入七成热的油锅中炸至七成熟，然后将锅中的油倒出来，再在锅里放上作料，开文火将粉丝拌均匀。

已经有好几位读者对我说，我的美食文章似乎是雷声大雨点小，一口气说了好多话，但真正可以派上用场的不多，他们希望我更好地深入生活，写出货真价实的文字。

我原来的想法是好比一座学校里，有数学课有语文课，这都是学习技能的课，还有班会课，班会课不具体学习数学、语文，但上好了班会课，可以更好地学习数学、语文。我就是按照班会课的路数来处理这些文字的，现在读者提出意见来，我当然是虚心接受，然后适当作一些改变，在班会课上可以订正一两道数学题，也可以纠正几个错别字。唐震球说起的这两道菜，操作性较强，我就借花献佛推荐给大家。

那天食堂里的师傅听说我是专门从苏州赶来品尝他烧的菜的，就很花心思，这一花心思，反而失去了把握。

姚国宪

红烧甩水、香干肉丝炒青椒、清炒水芹、番茄冬笋腰花汤，还有米饭，这是我今天的午餐。基本上是很家常的烧法，除了红烧甩水，这道菜是有点一举成名的迹象的。这一道红烧甩水点的人不多，但我每次吃都是十分赞叹的，我觉得它相当于在电影学院上大三的学生，用不了多久就能一炮走红，至多两三炮，反正肯定是会走红的。

我曾经去报社的食堂吃过早餐，看见灶头前忙碌的师傅，比我们单位全体员工还多。报社要上夜班，食堂里还供应夜宵，我觉得我见到的编辑、记者，全是比较气定神闲的样子，为什么呢？他们有食堂，没有后顾之忧，不像我们一到吃饭时间，全是今天这家明天那家地打发。看起来是处处无家，但苦中作乐地想，街上开门的饭店，都是自己单位的食堂。我常去的饭店，就是单位附近的协和菜馆，这样一个圈子绕过来，说到姚国宪了。

走进协和菜馆，左手砂锅灶头前的那个男人，就是姚国宪。姚国宪是协和菜馆的老板，一般饭店里这个级别的领导，营业时间不是坐在收银台后收钱，就是跑到餐桌前敬酒。姚国宪却身先士卒，担负着烧砂锅的重任。饭店里的统筹，是他通过对讲机安排的。我第一次去协和菜馆，看到姚老板对着对讲机运筹帷幄的样子，觉得他要是说完的时候加一句“欧佛”（over 的音译，编者注），那这家饭店简直就是香港警方的三产了。

协和菜馆以苏帮菜为主，特色是比较有滋味，而且价格也便宜，所以生意兴隆。顾客进门出门，姚老板都要热情地招呼，协和菜馆除了饭菜好之外，姚老板的招呼，应该算得上是最大的亮点了。有一些饭店，很客气地说顾客是衣食父母，心里面却把顾客当成后爹后妈，就是皮笑肉不笑或者很不情愿的样子，而在姚国宪心目中，那一些顾客仿佛就是他的长辈或者孩子。有几次我竟是被他真心实意的样子所感动，晚饭也在那儿安排了。

姚国宪的父亲在新中国成立初期曾经担任过无锡人民广播电台的第一任台长，一九五七年被打成“右派”，闲下来以后，就把自己知道和听人说起的菜谱一一记录下来。这是很有意思的事，好多武林高手，都有类似的经历吧。《射雕英雄传》中，困在桃花岛上的周伯通就创造出左手右手相搏的武功，老先生记菜谱，性质和周伯通差不多。这个手抄本后来传到姚国宪手上，成了他的独门秘籍和开饭店的基础。我不知道这一册手抄本中有没有红烧甩水的记录，要是有的话，说明这个秘籍果然十分了得，要是没有的话，说明姚国宪在手抄本的基础上，已经有了开拓和发展，那么姚国宪就是当代郭靖了，苏帮菜有如此人才，也是苏州人杰地灵的一个例子。

除了饭菜，热爱工作，认真对待每一天，用心享受生活，这些姚国宪都做得有声有色，是我学习的榜样啊！

几样点心

一

如果说园林昆曲、小桥流水是苏州的硬件，传统面馆里的一碗面，可以说是苏州的软件。我走的地方不多，不敢说苏州一碗面是天下第一，但进入前三名，应该还是比较有把握的。

老苏州各人有各人定点吃面的地方，我去得比较多的就是胥城大厦，胥城的奥灶面很对我胃口。

奥灶面是昆山特色，几年前胥城买来了配方，奥灶面相当于大学毕业在苏州找到工作然后安家落户的新苏州人，没有多久就在我们的生活中生根开花了。

好面首先要有一个好出身，就是在加工生面的时候要多轧一遍，多轧过一遍的生面，下好之后吃到嘴里是有芯子的。所谓芯子，仿佛气节。但出身是先天的，真正重要的，还是后天的功夫，那就是汤水。苏州一碗面之所以好，好就好在汤水，那是由文火煨着鸡鸭鱼肉，慢工出细活煨出来的，一般还要放黄鳝骨头，倒不是完全为了吊鲜头，黄鳝骨头有黏性，黏住了汤水里的粒屑，汤水看起来就特别清澈了。

胥城奥灶面汤水中的原料还要多一些，故而滋味更加醇厚和丰富。现代人讲究清淡，面却是应该油水略重一点的，因为面是碱性的，和了油水就滋润了。其实清淡是不能一概而论的，美食就像美女一样，淡妆浓抹总相宜。有人教条地对待，一知半解地认识健康食品，结果却是和自己的嘴巴过不去。

有一回我南京的朋友范小天和顾小虎去上海，经过苏州时刚好是午饭时间，就从高速公路上下来，约了我一起去胥城吃奥灶面，然后再继续上路。到晚上又打电话来，说要回南京了，经过苏州吃夜饭，还是定在胥城吧。

他们就是为吃奥灶面来苏州的，奥灶面的面子比朋友大，朋友即使想到了，看一眼也就过去了，我活了大半辈子，还没遇到过外地朋友一天来苏州看我两回的呢。

二

接下来说一说馒头。

汪成是市府食堂的点心师傅，说起做馒头，他在苏州应该算是佼佼者了。大院里各委、办、局的同志忙起来饭也顾不上吃，就去食堂抓两个馒头填填肚子，说起来是在为大家办事情，真叫我们过意不去，但想到他们吃的是汪成做的馒头，多少就有一点安慰了。

汪成说看一家点心店好不好，只要看是人等馒头还是馒头等人就行了。这话真是一语中的，大家排起队等在窗口，说明这家馒头店的馒头肯定不错。一直没有客人来，冷了再回到笼上去蒸一下，这样的馒头，好比错过时机的大龄青年，心里想着谈婚论嫁，却总是找不到合适的对象。

还有一种馒头，好比是正当年的少女，社会地位高，经济条件好，而且长得楚楚动人，几乎就是皇帝女儿不愁嫁的样子了，结果找上门来的却不多，有点光打雷不下雨的意思，为什么呢？两个人组成家庭是要过日子的，找个普通劳动人民的女儿，勤俭持家相夫教子，那样可能更实在。

我说的这种馒头，就是原来开在拙政园边上的一家台湾点心店里的。

我曾经和烹饪大师吴涌根、刘学家一道去过一次。吴涌根说，汤包上起码要有二十个以上的皱褶，才算功夫到位，又说好烧卖的腰是直起来的。但我不太喜欢他们调出来的滋味，一点也不合我胃口，而且价钱又贵。我想和我一样感觉的应该不在少数，所以去的人少，生意撑不下去了。

那一天做海棠糕、梅花糕的邓月明师傅召集吃饭，其中有得月楼的点心师傅和汪成，我说起阜桥三得利的生煎馒头，汪成说这一家店是他师兄弟开的。

三

这样就很自然地说到生煎馒头了。

人的一生能遇上多少好的生煎馒头？说起这个话题，我是有点感慨万千的。因为我遇上的，几乎就是这一个时期最好的生煎馒头，就像人家写苏州避不开苏州园林，写苏州园林避不开狮子林、拙政园一样，如果我们要写一本关于苏州小吃的书，肯定避不开生煎馒头，而说到生煎馒头，自然会提起这几家店，如果出版社准备再细化一点，出一本关于生煎馒头的书，那么改革开放以来这一个章节，基本上就是说它们了。

我曾经在阜桥附近的桃坞职工业余学校工作过好几年，学校附近有一家名叫大观楼的点心店，那儿的生煎馒头很著名。因为炉子上操作的师傅是个哑巴，大家就叫这儿的生煎是哑巴生煎。

大观楼的生煎馒头，成功的秘诀和卖点，都和这位哑巴有关，为什么呢？因为生煎馒头主要就是煎的功夫，哑巴本来就是一个实在人，加上他听不见，你急他不急，排再长的队，他都是这样一番功夫，这一番功夫，就能使生煎馒头到达好吃的份上了。功夫不负有心人，这句俗语用在这里真是十分恰当。另一点，哑巴做老师傅，多少有一点传奇色彩，电影里如果有这样一个情节，肯定不是生活片，起码是武打片吧，大家这么一传，哑巴生煎的名声就更大了。

我的印象里，大观楼是一间厅堂，很高也比较宽敞，但不明亮，暗戚戚的样子，下午的时候，太阳也只能照到门口的一小块地方。另一个印象是大观楼似乎只做生煎馒头。冬天的午后，哑巴和店里的职工三三两两坐在一小片阳光里，女的在打毛衣，男的在抽烟，大家说说笑笑，哑巴当然不能说话，也听不到大家在说什么，但他也是开心的。直到两三点钟，大家开始生火做馒头。这时候急性子的顾客，已经守在店堂里了。

这样的日子，应该说维持了好长一段时间。有一天我早上去上班，听到同事们说，头天晚上大观楼着火了。我赶过去看的时候，已经塌下来的烧焦的房子，落在人行道边上，马路上人来人往，大家依旧在各忙各的事情。

之后房子重新造起来，好像是做水暖生意了，反正我记得里面有抽水马桶和浴缸。

人上点年纪自然经历的事情多，也就容易拉拉杂杂说半天，你看，我才说了一家点心店，已经超过了一个章节的字数。好比手头的工作还没完成，已经是下班时间了，怎么办？再写一章吧。

四

一个桌子吃饭，中间有两个陌生人，一开始大家很少说话，

夏日闲居

（唐）张籍

多病逢迎少，闲居又一年。药看辰日合，茶过卯时煎。

草长晴来地，虫飞晚后天。此时幽梦远，不觉到山边。

多病逢迎少閒居又一年藥看辰日合茶過
卯時煎
草長晴來地蟲飛晚後天此時幽夢遠
不覺到山邊
張籍

好像是不知道说什么，不知道怎么说。等有了一个共同的话题，大家的话匣子一下子打开了，而且是你争我抢地说。写文章也有点这个意思，比如我想到生煎馒头，计划是一个章节内容，一写开却冒出来好多内容。

那时候的居委会似乎也没有什么特别的事情，在我的印象里就是收卫生费或者是发老鼠药。我父母家住在第四人民医院对面，大兴三产的时候，那儿的居委会办了一家点心店，店里不少品种水平一般，但做生煎馒头的，应该是个高人，所以卖得很好，大家全都是冲着那儿的生煎馒头去的。

之后没多久，靠接驾桥的朝阳菜场附近也开出一家点心店，也是居委会办的，真是巧，这家点心店也是别的品种不过如此，而生煎馒头特别好吃。有人说是我们居委会的师傅跳槽去了那儿，但当时我们那儿的生煎馒头依然是原来的滋味呀。回过头来想想，那真是一个优秀生煎馒头辈出的时代啊。

这样的经营持续了五六年，之后开始城市改造，可能还有些别的原因，这两家点心店都先后关门了，接着居委会也改称社区了，这个时代似乎丢下了好吃的生煎馒头，轻装上阵地往前走去。

差不多是十多年前了，桃坞职工业余学校的巷口开出一家名叫三得利的小店，那可真是名副其实的小店啊，就十来个平方，做的生煎馒头却是一流。

三得利的店堂里，还贴了一幅书法小品，是一位上了年纪的老吃客送的。小品写的是一首打油诗，我记得大致的意思是小公园里人头攒动，大家都在夸奖三得利的生煎馒头。诗很业余，书法也一般，但我每次看到，却感觉特别温馨。苏州的骨子里，就是透着风雅。

我每天上班经过那儿，都能闻到一股菜油和葱花的香味。之后我离开那儿了，有一天就是想起了这样的香味，我叫了画家叶放，打车到三得利，吃了一客生煎馒头和泡泡馄饨。

泡泡馄饨是一块钱一碗，我们打车的钱是三十元，这样合下来，这一碗馄饨是十六元，我觉得有点不好意思，硬是点了两碗馄饨，就算是吃夜饭，这样成本就降下来了呀。

五

接下来我想把一直去的几家点心店盘点一下。

还是先来说说面，在苏州，面是大项，相当于体育中的足球，或者文学中的小说。我常去的面馆除了胥城大厦，还有南园路上的一家绿杨馄饨店，这一家馄饨店也做面，去的时候你要找到一位名叫小顾的师傅，请他加汤，一碗面最要紧的就是汤。这两年我已经吃了小顾几百碗面了，也找不到一个合适的机会表达谢意，嘴上说说轻了，送锦旗又重了。

小馄饨是苏州的传统小吃，我们和美人相处，最差的就是看看图片，其实朝夕相处也不是好事，最好的就是一起喝个茶，有一搭没一搭地说说话。小馄饨就是和美人喝茶。肉味道吃出来了，肉却是看不见的，小馄饨是怎么被古人想出来的，真叫人拍手称快。

吴门人家的一道特色点心就是小馄饨，小馄饨的关键还是在汤水，一定要新鲜的骨头汤。这年头用骨头汤的店家不多了，吴门人家能坚持下来，应该说能够争取更大的荣誉。顺便提一句，那里的萝卜丝饼和眉毛酥也不错。

接下来要说汤团了，面、馄饨和汤团是苏州点心三大类，相当于体育上的足球、篮球和排球，相当于文学上的小说、散文和诗歌，其他的只好算儿童文学一类。

我们还是就事论事说汤团。凤凰街靠着十全街的朱鸿兴，下午供应的鲜肉汤团很合我胃口，那儿也有小馄饨。一般我是三点多从单位荡过去，要一碗小馄饨和四只鲜肉汤团，一次次感到生活的美好和人生的快乐。从表面上看，我是一个极其容易满足的人，反过来说，我也是十分懂得体会生活美好的人，这可是优点啊。

六

写了这么一大段，还是在点心店里绕，其实苏州点心店之外或者平常人家也有不少点心，比如鸡头米。

朋友家的阿姨以红枣炖鸡头米当点心，炖了一个多钟头了，红枣依然是鲜活饱满的样子，鸡头米却已经散了架，这样的情形，打个不恰当的比喻，几乎就是老夫少妻啊。

红枣属热性，是冬天的食品，放在夏天的锅子里炖，好像落难的大户人家将自己的千金嫁到劳动人民家里来了。鸡头米又是个独身主义者，和谁都搭不到一起，非要替他撮合，终究是强扭的瓜不甜，而且最关键的，鸡头米放到开水里三分钟就熟了，你这样一个多小时炖下来，肯定是一点骨子也没有了，吃在嘴里和熟莲子差不多，真是糟蹋东西啊。

我和叶正亭先生说起此事，叶先生说，你自己也不得其法，鸡头米只要在开水中烧三秒钟，然后从炉子上拿下来，尽快冷却，这时候的鸡头米又嫩又韧，而且吃到嘴里有溏心的感觉。这个方法一般的厨师还不一定知道呢。

这是一个很有诱惑力的说法，叶正亭出版了好多有关美食的著作，似乎也没有将这个秘方公开，他单独告诉我，这个人情真是大了。回家以后我就去照着实践，三秒钟一过，将鸡头米起锅后倒在青边碗里，想到溏心的感觉，心里还隐隐有点激动呢。

抽烟的人嘴里比较毛糙，鸡头米这样细腻，稍不留神肯定就和溏心的感觉擦肩而过了，我就为了这一个感觉大半天都没去碰香烟，结果你猜如何，我吃到的鸡头米竟然是生的，只好再从碗里倒进锅里重新回炉。

我是一个讲道理的人，叶正亭先生的三秒钟，也可能是文人说法，就是说掌握好一定的火候，溏心的感觉是能够品尝出来的。要不改天我带好鸡头米，请他亲自操作一回，不然我吃了大半辈子鸡头米，却还是蒙在鼓里，这和已经子孙满堂了，却还不知道爱情是怎么回事，又有什么两样呢。

七

最后，我还想说一说梅花糕和海棠糕。

邓师傅是制作梅花糕和海棠糕的老师傅。他原来在一家茶楼工作，后来离开茶楼，在三塘街上设了一个摊点，这样的摊点和梅花糕、海棠糕联系在一起，似乎更协调了，因为从前做这个买卖的手艺人，也是这样一番操作。茶楼里做当然是可以的，就像鸟儿放在笼子里也好看，但鸟儿真正的天地，应该是树林。几百年前乾隆皇帝下江南，在苏州一家茶楼里刚好听到王周士在说书，觉得很有趣，就一道圣旨将王周士带回京城，专门为他一个人说书。没过多久王周士就提出来想要回家，王周士说，茶馆是种植评弹的土地，在那里有呼应，在那里有精神，而现在，自己和评弹只是故宫里的盆景，因此，还是要回去，回到茶馆里去。所以茶馆里不一定适合卖梅花糕、海棠糕，茶馆里倒是比较适合说书，当然这是题外话了。

梅花糕、海棠糕是苏州传统小吃，属于点心一类，和一般糕点、馒头汤包的区别在于，那些点心在店堂里供应，还有一些当饭吃的意思。梅花糕、海棠糕是挑起来就好走的摊子，完全是“垫垫饥”的意思，糕点、馒头、汤包有点像武林中的名门正派，梅花糕、海棠糕有点像江湖好手。另一点就是不少点心是烧出来蒸出来的，梅花糕、海棠糕是烤出来的。海棠糕是有馅的甜食，豆沙、果脯、瓜子仁、猪油，甜做的梅花糕也是这些原料，咸吃就是鲜肉馅。海棠糕比较小巧，从前的小姐太太吃得多一点；梅花糕个儿大，是劳动人民的点心。苏州人讲究精巧，换到别的地方，刀切馒头、花卷也就打发了。

邓师傅有两副专门的脱子，一副做梅花糕，一副做海棠糕。脱子是紫铜敲打出来的，脱子上格与格的缝隙中化了几十年的糯米，这样就格格不入了，糯米放上火怎么不会化掉呢？我也不知道，这就是传统工艺的独门秘诀吧。

邓师傅的脱子是祖上传下来的，他们家到邓师傅已经是四代做这个生意了，第一代靠做梅花糕、海棠糕的手艺，成家立业养家糊口，第二代、第三代、第四代继承下来。一副脱子，相当于说书先生的琵琶弦子，剃头师傅的理发推子，账房先生的算盘珠子，等等。

邓师傅的儿子是南大研究生，肯定要在其他方面发展，所以邓师傅家做梅花糕、海棠糕的手艺传到第四代之后就后继无人了。邓师傅想找一个徒弟，他选择徒弟的标准是衣食无忧，然后还要吃苦耐劳。邓师傅说，要是想着多挣钱，就可能在原料上缺斤少两，几角钱成本也能做出梅花糕、海棠糕，还有人用土豆放了色素，做成豆沙的样子瞎混呢，这样牌子要做坍掉的。

为了说明自己的心意，邓师傅在得月楼请我吃饭。我不能空着双手去，就想着替邓师傅写个毛笔字，邓师傅名叫邓月明，是做梅花糕、海棠糕的师傅，我就写了一句“梅花海棠谱，月明人倚楼”。

八

有关苏州的点心，要不就先说这么多吧，完了。

拉拉杂杂

写作和体育比赛不同，比如篮球吧，光一场比赛，姚明就要投中篮圈好几回，大家每一回都是激动不已、热烈欢呼。写作和绘画、歌唱也不同，画竹子可以画上大半辈子，所不同的是从前是崭露头角的年轻画家，后来就是德高望重的老画家。唱歌也是，不久前我在电视上看到一位老同志（女）在声情并茂地唱着她当姑娘时唱红的歌曲，台下依旧是一片掌声雷动。但是很少有文学刊物再次刊登哪位作家的代表作或者成名作，要登也行，你得变着法儿重新写过。

同一个内容，比如苏州的园林刺绣、昆曲评弹、小桥流水，写了一两回之后，再要涉及，真是很挑战自我的事情。有一阵我几乎没辙了，就绘声绘色地说明朝清朝的事，我的确没有活过几百年，但别人也没活过呀。再一点我写得也比较合情合理，比如写到唐伯虎科场失意，我就说他是一声长叹，别人就不好说什么了，我要说唐伯虎哈哈一笑欢乐开怀，那就是抬杠，别人也很容易找到把柄。都到这个份上了，还要这样写真是明知山有虎偏向虎山行。当然这话我自己说出来是不太妥当的。闲话按下不表，以下言归正传。

那么想个什么法子来完成这些文字呢？一开始我想到要不就说说苏州的衣食住行吧，再深入一想，光一个单项，就是说来话长，要不就说说吃喝吧，所以这篇文章是关于吃吃喝喝的拉拉杂杂。

在苏州做做吃吃的老百姓，一般有两种生活状态。第一种有点人穷志坚，粗茶淡饭地打发日子，嘴巴里没有滋味也是生活的一种滋味吧。另一种看上去似乎有点人穷志短，他们一样是穷人家出身，一样不怎么有钱，但他们的日子似乎有声有色一些。我们家应该是后一种，我要说的，就是我们家从前的故事。

苏州人的吃和时令有关，一个时令有一样吃局，一样吃局又有一样时鲜。比如春天，春天是碧螺春。现在的碧螺春要卖数百元上千元一斤，当时也就十元八元吧，但十元八元已经是小康人家一个人整个月的开销了。碧螺春不能当饭吃呀，也没见哪一家人很冲动地买回了碧螺春泡茶，这也说明当时大家普遍都比较理智。

太湖东、西山的茶人，在制作和销售碧螺春的过程中，会落下一些碎末，这样的碎末，俗话称之为“碧脚”，碧脚差不多两元钱一斤。碧螺春上市过后不多久，我母亲就和父亲提起碧脚的事情来了。

去茶叶店买碧脚是父亲的事，说起来我们家去菜市场南货店买长买短都是母亲去的，但买茶叶却是父亲的事，估计茶叶和香烟靠得比较近。

那时候我还不懂喝茶，只是感觉到碧脚买回来之后，父母都有点兴奋。母亲会尽快地将家务做完，然后有点郑重其事地泡上一杯碧脚，当年还没有电视，母亲就是干坐着喝茶。现在我还能回忆起母亲喝茶的样子，坐在客厅里，因为八仙桌上的那杯碧脚，母亲的气质，甚至有点大家闺秀的模样了。

到了夏天，苏州时令的吃局是虾子鲞鱼。传统的做法是腌过之后的鲞鱼，在油锅中炸开后，再浸入盛满虾子的作料。虾子鲞鱼和开水淘饭，是夏天的夫唱妇随。

虾子鲞鱼现在也有饭店的做法，就是用新鲜鲞鱼进行加工，但这与我说的几乎判若二鱼了。有点像早年出国留洋的华裔后代，他们也是中国人的样子，但言谈举止完全是东南亚或者欧美的一套了。

和碧螺春一样，虾子鲞鱼一上市，母亲就要抽个时间去观前街的采芝斋了，但母亲买回来的，是虾子鲞鱼的屑末，就是碎小的鲞鱼和散落的虾子，相当于春天的碧脚。其实虾子鲞鱼的屑末更入滋味，到现在我还觉得比虾子鲞鱼要好吃，但现在买不到屑末了，大家生活水平提高了，商店里只卖虾子鲞鱼，屑末有点拿不出手了。

母亲还会带一瓶虾子酱油回家，主要的用场就是早上吃稀饭时蘸油条。母亲本质上是省吃俭用的家庭主妇，为了节省一点，她可能会少买两根油条，但是虾子酱油的钱，她是舍得花的。

现在的人动不动就拿文化说事，谈起苏州就是昆曲评弹、园林刺绣。后来我明白过来，其实像我母亲这样的，才是高手，她到底高在哪里呢，就是高在“不著一字，尽得风流”。

夏天虾子鲞鱼的屑末，相当于春天的碧脚，说得通俗一点，碧脚也就是碧螺春的屑末。

那一天我在单位里说起碧脚，办公室的老刘说，那是因为以前对产品质量更讲究。这样的说法也有一定道理。现在我们喝的碧螺春里好像也有茶叶末子，广大劳动人民的生活水平提高了，大家去喝碧螺春，碧螺春供不应求，说不定碧脚也混在里面当茶叶卖了。

说完春夏说秋冬，秋天的第一个传统节日就是中秋节。我小时候不知道有广式月饼一说，当时只有苏式月饼。苏州的中秋，是苏式月饼一统天下的中秋。苏式月饼是油酥的皮子，小心翼翼地轻拿轻放，还是会落下边皮来。真是不好意思，每到这个时候，我母亲就去观前街，买一些月饼的边皮回来，然后拌上一些白糖，做我们的点心，但中秋节那天还是能分到一两块月饼的。苏州人对传统节日一向很当一回事情的。

中秋节过完不久就到冬天，冬天就可以拿来说事了。其实骨屑一年四季都有，我们家也一直在买，放到冬天来说，不过是文章结构的需要。

苏州面馆里的一碗面其实是出类拔萃的，说得满一点，在国内数一数二，即使走向世界，应该也是能进入决赛的项目。我们平时谈吴文化，要么评弹昆曲，要么园林刺绣，从来没有把苏州一碗面当回事。苏州从前的历史和文化，不太走样的就是郊外生的青山绿水和碗里吃的酸甜苦辣。

按说都是八九不离十的面条，别的地方的面为什么不及苏州呢？关键还是汤水，苏州人的面汤是怎么吊出来的呢？我不能说，这是商业机密。但有一样东西可以在这里透露一下，就是肋条和骨头是面汤里的主角。肋条用来做焖肉，焖肉是苏州才有的一样面浇头，骨头就是为了增加面汤的滋味，面汤做好了，老师傅就将骨头上的肉剔下来，这就是骨屑。

骨屑全是一些栗子肉、蹄筋和脆骨，似肉非肉，本来就是好东西，加上和焖肉一样的加工方法，几乎就是美食了。但骨屑不对外供应，全是面馆里的内部职工消化了，两毛钱可以买一搪瓷杯，真是一种福利啊。我们家的邻居老蒋是当时观振兴的大师傅，所以我们也能享受到这样的福利，每个月有一两回吧。但现在老蒋早退休了，观振兴这家面馆也从观前街上消失了，更让人遗憾的是，我的母亲也已经不在了。

碧脚或者屑末说了一年四季，好像我们家是吃这些的专业户似的。按说写文章最好不要拿家里人说事，说到自己也不要捎上家里人，我写的时候就忘掉这一茬了，写完了才想起来，删掉了

夜宿天心

（明）胡滢

云浮山际掩禅院，月涌天心透客居。
幽径石寒竹影下，红袍味里夜可无？

觉得可惜，不删又心里过意不去，谁能明白我心里的苦衷？

回过头来说，这些其实就是因时制宜和苦中作乐，是三十多年前的陈年旧事了，但回忆起来却一点也不苦，仿佛旧地重游，熟门熟路。

其实差不多已经结束了，却感觉好像才刚开了一个头，而且想到的事情越来越多，要说的话也有点意犹未尽，这说明了两个问题：一、有时候要文人说的时候他老推说无话可说，要他停的时候又老是停不下来。二、写作就是一根“你弱它就强”的弹簧，我们一出手，它就只好由着我们摆布了。这是我写这篇文章的心得，与文人朋友共勉。

刀鱼时代

刀鱼在鱼类中有相当的地位。一般我们老见到的鲫鱼、鳊鱼，只是鱼里面的普通群众，白鱼、银鱼算是鱼里面的基层干部吧。

清明前的刀鱼加上河豚、鲥鱼，几乎就是美味的象征了。与刀鱼、河豚、鲥鱼放在一起，鲫鱼、鳊鱼之类就是江湖上的小混混，至多是江南七怪、黄河四鬼，刀鱼、河豚、鲥鱼差不多就是东邪西毒了。鲥鱼带点超凡脱俗，河豚则是亦正亦邪。

这三种鱼我最偏爱的，应该就是刀鱼了。两年前我去张家港参加一个活动，是文化站搞的。文化站站长是很不容易当的职务，要做好多琐碎的事情，却又是排不上号的干部，轮到搞活动，一方面要请人来撑场面，一方面又经费紧张。所以我说就不要给钱了，因为多了他给不起，少了我又没面子，干脆吃得好点。正好是清明前，刀鱼、河豚、鲥鱼最好选两样尝尝。最后文化站站长找到一家企业，由他们安排了饭菜，席间就有刀鱼、河豚。河豚我不是太喜欢，感觉有点张扬，红烧的做法也不好，有点吃作料的感觉；而刀鱼天生丽质、质地细腻，用清蒸的方式，没有伤筋动骨，几乎是原汁原味了。

那一天的刀鱼有带鱼那么阔，而骨头却还是软的，我基本上就吃了这道菜，连汤也没放过。也是在那一天，我知道了我们吃的刀鱼，全是人工的，这年头野生刀鱼几乎吃不到了。

我们家虽是劳动人民出身，却和许多苏州人家一样，时鲜物产上市的时候，都要买一些回来尝尝的。祖母的清蒸刀鱼要放一点点酱油。我曾经听说过用大头针将刀鱼固定在锅盖上，蒸到一定程度，鱼肉会掉落下来，锅盖上就只剩一条骨头了，却没有亲眼见过。只记得祖母做过一次刀鱼面，就是将刀鱼肉剔出来，和在面粉之中，制成面条，那真是精雕细刻的功夫和不露声色的鲜美啊。可惜现在的刀鱼面不这么做了，现在只是待鱼吃完了，在鱼汤里下一碗面，相当于粉丝拿了一张偶像的签名照片，却见不着偶像本人了。

去年清明前还尝过一次刀鱼馄饨，刀鱼和肉糜混在一起做馅，因为有了刀鱼，这一碗馄饨竟是那么的与众不同。不足之处是酒席吃差不多时才上来的，滋味就打折了。

从美食角度出发，我们也应该好好保护环境啊，想想我们从猿进化到人，而刀鱼却由野生到人工饲养，这真叫人难过。

江湖吃客当评委

木渎举办美食节，邀请了六位评委，其中三位都是烹饪大师，比如刘学家，他们是职业队，相当于武林门派中的少林和武当；另外三位是叶正亭、车前子和我，我们比较好吃喝，也有一些心得，却没有职业素养，基本是江湖吃客，混到烹饪圈子里，江南七怪都算不上吧。我问叶先生和车先生，他们先前有没有担任过类似评委，两个人都说没有，我也是第一次，这是我们的处女评。

当地饭店的厨师将自己的拿手菜做出来，最后评选出十个品种。我看坐在我身边的刘学家，好多菜只碰一下筷子，有一道蒸饺端上来，他伸手将饺子皮撕一下，就明白就里了。老前辈真正做到了“口中无饺心里有饺”，反过来说，在我们平常人看来，好端端的一个饺子啊。所谓女怕嫁错郎，男怕入错行，饺子就怕落在这样的评委手里。

我曾经和吴涌根、刘学家一道吃过一次台湾点心，那些汤包、烧卖实在不合我的口味，我就直接表达了这样的想法。但吴涌根说，那个汤包上起码有二十个褶皱，功夫到位的，又说烧卖也好，腰是直起来的，这应该就是所谓的内行看门道了。

相比较而言，我的评判要直截了当得多，一是看形状，二是看口感，要是抓主要矛盾，说到底我就看吃到嘴里的滋味。有一家饭店参评的是三件子，我觉得做得很地道，就给了高分，但刘老说，这道菜不能给太高分，因为技术含量不高，说白了，苏州的家庭主妇烧起三件子，都能做出个八九不离十的样子。

三件子指的是鸡、鸭和蹄髈砂锅，往年冬至夜，我都要请老苏州茶酒楼的毕师傅烧一道三件子带回家，现在老苏州换东家了，毕师傅也去了石家饭店，所以今年的冬至，基本上是一个没有三件子的夜晚。

江湖吃客还有一个问题就是吃喝起来有点没心没肺。有一道一口酥的点心，很小巧，油酥和盐蛋黄馅，吃上去有点像月饼，但和月饼又有区别，很对我胃口，我就一下子吃了三个。这是一种很失身份的行为，我想当时的厨师和在场的木渎群众心里肯定在说，这哪是美食评委，分明是馋老坯嘛。但吃得对胃口的时候，我才不管这一套呢，因为我们是快意恩仇的江湖吃客啊。

这一次声势浩大的吃喝行动，给我留下深刻印象的有两道菜，一道是石家饭店的酱方，这道菜几乎和木渎的一样著名了，我也吃过好几十回了，在品了几十道菜之后看见，依然能有食欲，真是魅力无穷。另一道是老鸭螺蛳，红烧的，汤汁不多，滋味却很鲜活。天底下就这么些个吃的，搭配其实是很有趣的学问，有了创意还要大家接受，和写文章差不多吧，所以我心里一直把厨师看作同行。

鲫鱼吃法大全

鲫鱼和我们的一日三餐几乎就是形影不离，从前是这样，现在也如此，贫困家庭是这样，小康人家也如此。我心里一直觉得，鲫鱼简直和家人一样亲切啊。有人说家人你还这么吃，太不近情理了。这个说法其实是很抬杠的，我总不能和鲫鱼一起坐在餐桌前吃喝吧。

天长日久，日积月累，流传下来好多鲫鱼的吃法，我分类归纳了一下，大致有以下一些。

一、“老蚌珍珠”。其实就是鲫鱼鸡头米，将鲫鱼去鳃后沿背脊剖开，把腹内劳什子取出来，用清水将鱼洗干净，然后在鲫鱼肚子里填进鸡头米，再放上作料清蒸。应该是鲫鱼蒸熟之后，翻开的背脊乌黑如蚌，再加上鸡头米的缘故，所以这道菜叫这个名字，真的比较形象。

之后我在书本上看到，老蚌珍珠还是地道的红楼菜，据说曹雪芹家住在现在的苏州第十中学的时候，经常用这道菜来招待客人。

二、潘鱼。潘鱼和老蚌珍珠仿佛，也是一种鲫鱼的做法，说是将鲫鱼活杀后，过一下开水，然后放上调料与火腿、香菇蒸熟，吃起来十分鲜嫩。因为这个方法是潘世荫想出来的，这道菜就叫潘鱼了。潘世荫在京城为官，思念家乡时就想起了家乡的吃喝。如果说老蚌珍珠和潘鱼是同一道菜，应该也能说通，北京哪来的鸡头米呀，所以潘鱼应该是改良或者简化之后的老蚌珍珠吧。

三、葱烤鲫鱼（含红烧鲫鱼）。这是比较日常的吃法。一般人家只是在鲫鱼煎好之后，随着调料一起放几截葱段在锅子里，严格说起来，这是红烧鲫鱼。葱烤鲫鱼是在煎鱼的时候，就放了好多整棵葱在锅子里，鱼的表面焦黄了，葱也枯空了，再放调料下去，最后葱味很浓郁地渗透在鲫鱼里。

这道菜很重要的一个环节就是煎鱼，煎和炸不同，煎是外焦里嫩，重要的是不能粘了鲫鱼皮，不然简直是破相。炸就有点不管三七二十一了。有一回朋友生日，每人带一道菜去祝贺，我就去菜场挑了两条鲫鱼，然后开了大油锅一炸了事，再把调料加重，颜色深了就更加乱成一团了。说到底还是因为我没有把握好煎鱼的做法，这个道理和搞文学评论的写不了小说一样。

四、鲫鱼汤（含鲫鱼奶汤）。放在油里煎炸以后的鲫鱼，再加冷水烧汤，就是奶白色。有人想出花样，放一点牛奶，也不伤大雅，只是牛奶要放到吃不出来为好，真吃出牛奶味，就有点无趣了，俗话说是戏过了。我母亲生前烧鲫鱼汤不先起油锅煎炸，而是将水烧开后再放鲫鱼，这样汤色清淡，也突出了鲫鱼的鲜嫩，我母亲还喜欢滴几粒麻油，这样做出来的鲫鱼汤，跟文人画似的。

五、我小时还听到邻居一老太太说过，将一锅麻油放在文火上，再放入鲫鱼，慢慢地煨，花上三四个小时，鲫鱼又香又酥，但一直没有实践过，也说不出真实的滋味。

有关鲫鱼的吃法，差不多就这些，回过头来看我用的文章题目——大全，好像真的起大了，就算是我一个人的“大全”吧。

南瓜记

从前的粮食是凭票供应的，十多岁的孩子一个月才十来斤，男孩多的人家铁定是不够吃的，要赶上孩子发育，粮食就更加不够吃了。我们巷子里沈老大家、蒋海泉家、陈师母家就搭吃一些南瓜。南瓜洗干净切成小块放在饭锅上，饭烧好了南瓜也熟了，真是一举两得。也有搭吃山芋的，还是放在饭锅上，和蒸南瓜的方法仿佛。

我有一个弟弟一个妹妹，按说孩子也不少，我母亲的方法是一天早晚两顿粥，这样米就省出来了，所以我们不常吃南瓜，南瓜在我们眼里是一道点心和一种小吃。

以前苏州人烧南瓜粥，喜欢放几块猪油年糕，也不多，两三块吧。南瓜的甜味很文静，也不争强好胜，和其他滋味都能和睦相处，我不抢你的滋味，你也别想剥夺我的味道。放了猪油年糕，有一点椒盐的感觉，猪油化在粥里，也肥滋滋的。这个做法现在基本上见不到了，现在吃的东西多，想起吃南瓜的机会少了，再一点大家有了健康意识，认为猪油多吃对身体不好。现在的猪油年糕也改进了许多，似乎是由色拉油代替，猪油仅仅是挂在那儿的羊头了。所以我们心里和南瓜一样有点失落。

苏州还有一道名叫南瓜团子的糕点，南瓜打成稀泥一样和在面粉里，团子是豆沙猪油馅，和清明前的青团子差不多。现在酒席上吃的南瓜饼，也是这样的原理。眼中无瓜，味中有瓜，也是吃喝的一种境界啊。

也有把南瓜做成冷菜的，将南瓜切成条和红枣、莲心一起，放在果汁中浸泡，其实口感一般，因为滋味已经甜得和西瓜差不多了，最后南不南北不北，大家点这道菜有点将就着对付的意思。

现在和孩子们说起粮票，他们不太理解，我的儿子还认真追问了一句，是不是在旧社会？粮食放开了，多得吃不完，也没有南瓜什么事了。厨师们只在有限的几道菜上用一点南瓜，比如南瓜饼和南瓜冷盘，更多的时候，厨师们将南瓜雕刻之后作为一种装饰，放在菜边上。前天我去一家餐馆吃饭，大盘子里虾仁占了三分之一的地盘，还有三分之二的地方，就是南瓜雕刻的仙鹤。我心说，这么一只仙鹤，要费掉多大的一只南瓜啊。随着时代的发展，南瓜已经由物质的转为精神的了。说实在的，这道菜有没有南瓜真的无关紧要。我觉得这只仙鹤，真像是一个文人，有他一个不多，没他一个也不少。这一想心里竟未免有点伤感起来，就有了写这篇文字的打算。

下面我来简单归纳一下，南瓜可以当饭吃，也可以当菜吃，四五十年前，基本上就是又当爹又当妈的样子了。南瓜可以当蔬菜吃，也可以当水果吃，用一句娱乐界的行话来说，就是两栖明星。

焙茶坞

（唐）顾况

新茶已上焙，旧架忧生醭。
旋旋续新烟，呼儿劈寒木。

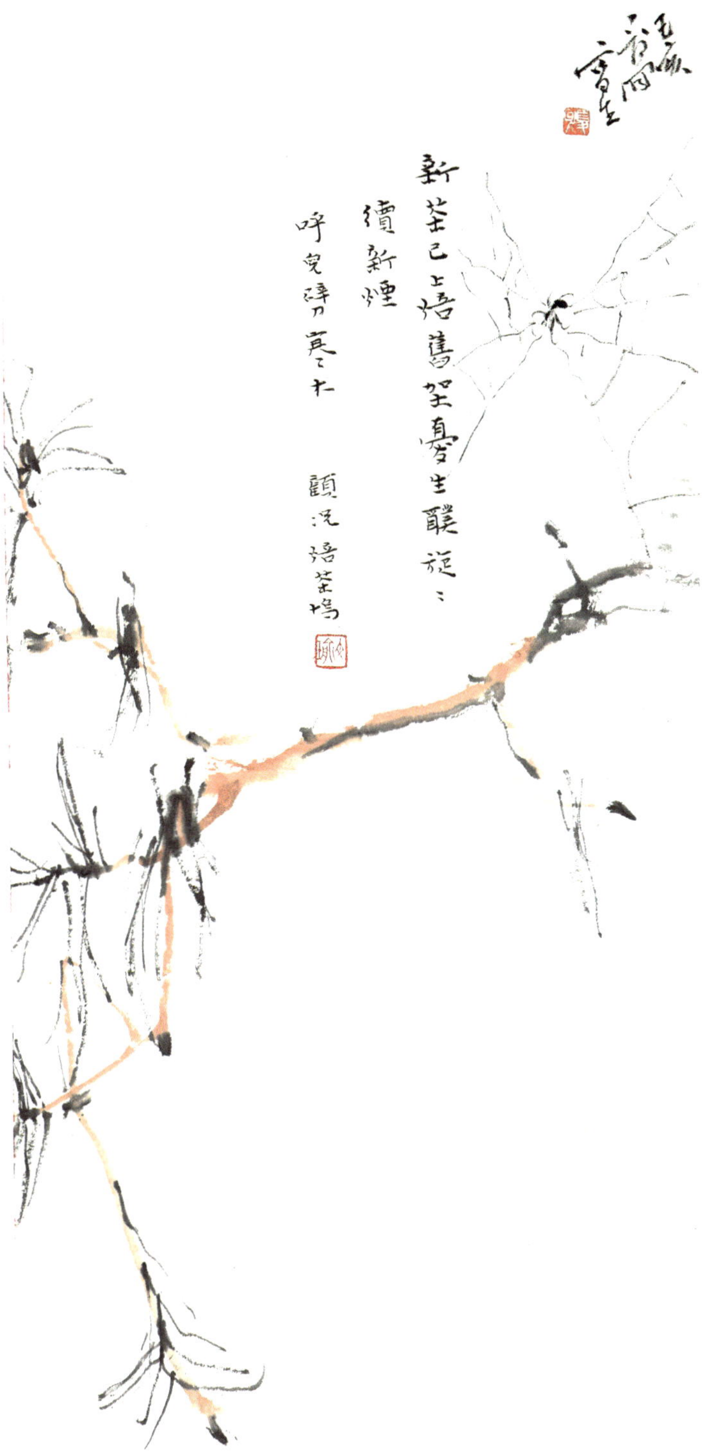
新茶已上焙舊架憂生醭旋
旋續新煙
呼兒劈寒木
顧況焙茶塢

炒素

我说的炒素要加一点肉丝的。

星期天上午，赵老师打电话来，说了两句闲话之后，约我去他家吃午饭。我一时间竟有点不知所措了。这年头约朋友亲戚去家里吃饭的，真是太少了，少到大家几乎都要忘掉这种形式了。不少地方都像煞有介事地推出一席宴，真正的一席宴，应该就是家里的请客吧。

赵老师还邀请了陈老师。算是吃便饭吧，也没有太多的菜，炒蛋、咸肉蒸百叶，另外就是炒素。炒素只是我的一个习惯叫法，其实是加一点肉丝的，还有金针菜、木耳、油面筋、笋尖。这是赵老师老岳母的手艺，老太太八十岁了，还在厨房里张罗呢。

这一道炒素我已经有些年头没吃到了。我母亲生前经常做这道菜，几乎成了她的一个招牌菜。现在我回想起母亲，慈爱勤劳等这些都有点依稀，特别分明的，就是糖醋小排骨和炒素。

我对赵老师说，你家老岳母一定是苏州人。因为这道菜成本不高，但花功夫，金针菜是一棵一棵洗的，还要起好几个油锅，苏州人才有这个耐心和讲究。

这一碗炒素基本上全是我吃的，最后自己也有点不好意思了，老太太过后肯定要想，这个人看上去还有点文化，这样吃法真是一点素养也没有啊。我只好推在陈老师身上，我说陈老师啊，你也太没有家教了，你是来做客的，菜只是点缀，你看看，这一碗炒素都给你吃掉了呀，赵老师会怎么想你呢？

厨房间的老太太听到我的声音，赶紧搭话说，没关系的，让他吃，他欢喜吃说明我烧得好啊。

真是巧了，之后没多久的一次吃饭，竟然也是家宴，也有这样的炒素。连老师开一家大饭店，却是很给面子地邀请我们去他家吃饭。我坐定下来，一眼就看见了桌子那一边的炒素，我说连老师啊，从这道炒素上就能看出来，你用的阿姨肯定是苏州人。连师母说，阿姨烧了几道菜先走了，我觉得好像少了，就炒了这道菜。

这也是苏州人的做派，突然来个客人，你看看桌子上什么也没有，但过一会儿就七荤八素地端上来了，跟变出来似的。

三不吃

我已经好长一段时间没有写和吃相关的文字了，原因很简单，没吃到什么好东西。初恋时一般会写写情书情诗，几十年夫妻有几个还这么玩的？美食成了一日三餐填饱肚子，趣味也就淡了。

昨天叶正亭来电话，口气严厉地批评了我。当初我们俩是说好的，为广电报开一个美食专栏，一人写一篇，结果我有半年没动笔了，老是叶正亭一个人扛着，脾气再好的人也吃不住了。这和吃饭买单一个道理，人家多买几次是可以的，但老是他一个人买，哪怕嘴上不说，心里也是怨的。我想了想，要不就务务虚，谈一谈我的三不吃吧。苏州人有个说法叫“逆面冲”，就是遇到一起没来由地互相看不惯，我的三不吃，除了有点“逆面冲”，还有一些自己的道理。

首先是火锅不吃。原因有三条，一是吃火锅太笼统了，上来就是高潮，也没有落下去的时候，却又说散就散了。二是荤菜素菜全搁在那儿，也没个起承转合，先来后到，一副毫无章法的样子。三是将所有的东西统一成一个口味，就像男女老少都穿成一个样子，你说阿好看呢？

其次是客饭不吃。我刚到杂志社的时候，每个月工资才一千多一点，靠着这点钱养家糊口，日子很艰难；但即使这样，我每天中午还是去老苏州茶酒楼，点两道菜，吃一碗饭，我的做法就是在其他地方节省一点。为什么不吃客饭呢，我觉得客饭缺少对饭菜和我应有的尊重，丢丢甩甩的，好像我和饭菜都是后娘养的，这种感觉很不好。

最后一个不吃就是农家菜。农家菜其实是一个认识的误区，我的朋友家里有两个来自吴江的阿姨，天天做农家菜。农村人的日子一向节衣缩食，作料又不全，也不舍得放，对待菜的态度也是做熟就行，能下饭就行，所以农家菜的起点要比市民菜低好多。另一个原材料的新鲜也是误区，我们现在吃鸡吃鱼，也是菜市场里现杀的，要说农家菜比我们的新鲜，也太缺心眼。唯一一个优点，就是屋子外面有点田园风光，这其实和吃饭已经无关了。街上走过一个女孩子国色天香，你是不能把她带回去的，和你的日常生活也是没有关系的。

可以吃的金庸小说

小说是化实为虚的工作，对照着小说里的菜谱做菜，相当于跟着《射雕英雄传》练习降龙十八掌。

郭靖、杨过、令狐冲、张无忌，谁也没见过这些英雄。前几天我看了中央电视台的《武林大会》，比武的都是全国选拔出来的一等一的高手，却依旧是章法很乱的样子，初一看还以为是打架斗殴呢。难道这些百里挑一的高手，真的和我们心目中的英雄有这么大的差距吗？其实就是因为金庸的缘故，大家宁愿相信那些快意恩仇笑傲江湖都是真事，或者说大家已经不在乎这些了。金庸的小说，说到底有一种大慈悲，令我们感动到对武功忽略的地步。

苏州将金庸的小说《雪山飞狐》改编成长篇弹词，金庸要来参加首播仪式，就下榻在建屋国际酒店。酒店里的厨师陈国平是个有心人，先是通过熟人打听了老人家在香港时经常去的菜馆和偏好的口味，然后再重新翻读金庸小说，看看书里面是怎样描写吃喝的，金庸提到了哪些菜谱。这一来，反而有点无从下手了。一桌饭菜本来是做做吃吃的小本生意，现在要摆出来一个跨国连锁的大型超市，怎么弄啊。大家聚在一起商量，认为应该换一种思路。

还是举中央电视台《武林大会》的例子。镜头前各门各派的高手，几乎都是从小习武，师出名门，他们的一招一式，都是跟着师傅勤学苦练出来的，好像没有一位是通过看金庸小说而走进《武林大会》的。真要有个人集郭靖、杨过、令狐冲、张无忌以及东邪西毒的功夫于一身，武林大会的全体选手合在一起，也不是他一个人的对手啊。

美食呢，也应该是这个道理。比如黄蓉和郭靖下馆子，点的菜是鹿肚酿江瑶、鸳鸯煎牛筋、姜醋金银蹄子，你即使能找到原料，也不知道怎么去料理啊。金庸塑造的黄蓉，除了美丽纯真，武功高强，还能够做出把斑鸠肉填在樱桃里的美食，那是多么美好和楚楚动人啊。男读者会想，我要有这样一个女朋友或者老婆该是多么幸福的事情啊；女读者会想，我和人家黄蓉比有多大的差距啊，可一定要好好努力了。

而无论是武功还是美食，说到底都是小说家塑造人物的方式，我们要是原原本本按照小说来做，不被老人家笑话才怪呢。而随便选几道苏帮菜，似乎又太稀松平常了，也体现不出接待金庸的特殊性。

《天龙八部》中，段誉到燕子坞品尝了四盘糕点：玫瑰松子糖、茯苓软糕、翡翠甜饼、藕粉火腿饺，还有阿朱、阿碧各自的拿手菜：菱白虾仁、翡翠鱼圆、荷叶冬笋汤、樱桃火腿、梅花糟鸭、龙井茶叶鸡丁。建屋国际酒店的总经理张志扬看到这一段描写，似乎有了柳暗花明的灵感。

化虚为实还是要虚实相间的。从金庸小说中寻找菜谱，表达的是对老人家的敬仰，这样的敬仰几乎和菜本身没有多大的关系。你要做一桌适合老人家口味的饭菜，首先还是要从一方水土和当家厨师本身出发。好比少林高僧到武当做客，张三丰为了表达欢迎之情，放弃了本门武功而表演一路少林功夫，这样本门派的精神体现不出来，少林的拳脚也施展得不伦不类了。

有了这样的思路，工作起来就方便了很多。厨师陈国平就从阿朱、阿碧的几道菜入手，一桌子美食就七七八八有个大致样子了。

张志扬是很细心的人，特地在金庸到达之前，邀请我去品菜。作为苏州烹饪协会的特邀顾问，评菜品菜本来就是我工作的一部分，我读过金庸的全部小说，内心很喜欢，现在有一件和金庸相关的事情，我是义不容辞的。

茶托里是一只衬在荷叶上的小南瓜和一把紫砂壶，南瓜里放菌菇，紫砂壶里是菌菇汤，这一道荷叶冬笋汤十分简洁朴实，器皿的创意很精彩。翡翠鱼圆是浸过菠菜汁的白鱼圆。大家认为这样太写实了，还不如莼菜鱼圆。金庸这样的聪明人，应该对写意更为欣赏。龙井茶叶鸡丁的口感比我想象的好许多，浸过茶汁的鸡丁，像从前书斋中老秀才的蝇头小楷。还有一道红烧肉，听厨师陈国平介绍，是焖在砂锅里做出来的，这让我学到一手，我可以重新写更多的文字。写文章的人找到一个材料不容易，要省着点用，这一篇可以吃的金庸小说，就说这么多了。

汤包

头两年我们单位选举区人大代表，我被推选为候选人。俗话说人民代表人民选，人民代表为人民。我想要是我被选上了，应该提些什么提案呢？我想到了好多内容，连小区里乱放自行车都列上去了，后来想到这是人大，好多问题社区开碰头会都能解决，我应该选最主要的说。最后列出一条，就是鼓励点心店恢复和坚持一些传统生产，比如汤包。我在提案上强调了一点，就是众多点心小吃中，汤包是最能够体现苏州韵味的一种。后来我们这一选区选上了一位税务局局长和一位修自行车的个体户，我只记得这位修自行车的师傅，不仅技术好，而且态度热情，一般打气什么的，都不收钱。他们自然有别的提案，汤包的事就一直搁在那儿了。

起先我想到，不如写一封群众来信，将汤包的事向领导反映一下，又一想我又不是人大代表，不关我什么事，反正是大家没得吃。现在觉得，我虽然不是人大代表，但还是应该以代表的要求来严格要求自己，有关汤包的事，我这算是会场之外的提案吧。

苏州的小吃可谓琳琅满目，单就面食就有好多个品种。馒头、包子、烧卖、汤包、生煎、小笼，这其中汤包是最具有苏州特色的。小巧的样子，滋味也鲜美，好比苏州小巷里的小家碧玉，不仅长得细腻，还勤俭能干，一看将来就是相夫教子的人才。我一直在想，要是在点心中选一样当城市形象大使，那肯定就是汤包了。

我印象中第一次吃汤包是在朱鸿兴。当时的朱鸿兴开在怡园对面，差不多是现在古旧书店那个口子上。我是随哪一位长辈去的，为什么要经过那儿，都不记得了，好像是我祖父，也可能是一位邻居，不去管他了，反正就是他带我去吃汤包的。一人一客，十只汤包，他好像还说，你要吃不掉我来帮你好了。他是出于好心，但我一吃，觉得真是滋味无穷，那时候家境贫寒，难得吃顿点心，又是这样好吃的汤包，自己还嫌不够呢。

我应该是从那一刻起，打定主意要在这座城市里长大成人、生老病死的，可以说汤包对我的命运起了很大的作用。反过来说，一种点心竟起到了这么大的作用，也注定我的人生不会有太大出息。

我还想到等我长大工作以后，挣了工资，天天要去吃汤包，要是高兴，早上当了早点，中午还要去吃。想到将来，我的内心充满了憧憬和幸福。

只是我挣钱没多久，苏州的好多店家就不生产汤包了。前年我曾经在观前街附近一家点心店里看到有汤包卖，当时真是很激动，感觉好像是遇上了小学时同桌的女同学，但一吃简直就是没有发开的面疙瘩，还好意思放在店里卖，汤包的脸都给他丢尽了。

回过头来说朱鸿兴，跟电脑中的复制粘贴似的，开了好多连锁店，但这么多的朱鸿兴做盒饭，却不做汤包了。我要说的是，广大人民群众需要盒饭，也需要汤包啊。

吃饭

赛蟹粉

三四十年前的大闸蟹便宜，差不多是猪肉的价钱，好像七毛多吧。做做吃吃的劳动人民，完全是一副勤俭持家的样子，比如我们家，当时一斤猪肉要分两天吃。但遇着大闸蟹上市，却是要吃两三回的，苏州人有吃时令菜的风气，加上我们家对于大闸蟹更是情有独钟。

一般吃大闸蟹的日子，我们家的伙食就更加简陋了。我母亲用的是一种羊毛出在羊身上的做法，是一种拆了东墙补西墙的做法。大家也没有意见，只是我妹妹不太好吃大闸蟹，所以每次吃蟹，她都能拿到两毛钱的伙食补贴。

我母亲还能将浪漫情怀放到日常生活中去，就是将很普通的食物当成名贵食物来打造，然后以名贵食物的面目展现给大家。这是少花钱多办事的做法，但滋味上毕竟是有区别的，需要相当

答友人寄新茗

（唐）李群玉

满火芳香碾麹尘，吴瓯湘水绿花新。
愧君千里分滋味，寄与春风酒渴人。

满坐芳香碾麴尘吴瓯湘水绿花新愧君千里分滋味寄与春风酒渴人
李群玉 答友人寄茗

的想象力加以弥补，才能配合她完成这样的构思。我现在成了一名作家，基本上是靠形象思维安身立命，细想起来，或许和少年时的训练有关呢。

这样的浪漫情怀，也有过失败的教训。比如她想将萝卜干做成鸭肫干，但无论你怎么吃，怎么想象，至多能吃出来这是另一种萝卜干。长大成人之后，我们常把这事当笑话讲，我母亲有点不好意思。另一方面，也有相对成功的例子，比如赛蟹粉。

小黄鱼蒸熟之后，把骨头骨脑去掉，再备一些肥肉末和咸蛋黄，原料应该就是这么多，炒在一起和着姜丝蘸着糖醋吃，几乎就是蟹粉的滋味了。

后来我自己在家里也试过一次，费了相当大的功夫，滋味上和母亲做的相距很远，怎么吃还是黄鱼，加了咸蛋黄，至多是蛋黄黄鱼吧。

红烧肉

前几天盛老师发给我一则手机短信：沙和尚对孙悟空说，大师兄，今年市场上二师兄的肉比师傅的肉都值钱了。这是在拿最近一阵子猪肉紧张说事呢。正好中央电视台播出一条新闻，说是国家鼓励养殖基地和专业户要多养猪，达到一定数量，国家就给奖励，具体的数字我记不得了，反正是一句话，优生多生。

真的不能想象，要是没了猪肉，我们平常的日子怎么过。无论是饭店还是家里的一日三餐，可以说猪肉撑起了半壁江山，而在各式各样的吃法中，红烧肉是最为普遍和经典的一种。打一个不恰当的比方，所有的烹饪方法要是春节联欢晚会的话，红烧肉就是小品演出，你能想象没有小品的春节联欢晚会吗？

我小时候应该是一个肉丝盛行的时代。大家普遍收入不高，而且家里兄弟姐妹多，那时又不讲计划生育，我们巷子里有个邻居，只生了一个女孩，女主人在我们面前一直流露出不好意思的神情，说她是要求进步的，只是老公什么什么，我当时年纪太小，具体细节也不记得了。另外，当时猪肉是凭票供应的，所以一个月几乎也摊不着吃一次红烧肉。在我们家，每年十二月二十六日，父亲都要烧红烧肉，那一天是毛主席的生日，中午家里吃面条，红烧肉是面浇头。所以现在我自己和家里人的生日都会忘记，但毛主席的生日却一直记着。回想起来那时我应该是脑子比较灵活的孩子，因为我曾经问过父亲，毛主席阴历生日是几号，我们要不要也祝贺一下？

一般家庭里，红烧肉要放好多汤，然后将这些肉汤来烧豆制品或者青菜、萝卜，冬天里红烧肉的肉汤烧青菜，是一道好菜。那些豆制品和青菜、萝卜，傍上红烧肉这个大款，几乎以为自己也是荤菜了呢。

其实真正的红烧肉是不放水的，而是以大量的料酒来代替。有人说放这么多酒，还不成酒糟肉了，其实不是这么一回事。酒精在烧肉的过程中，基本挥发掉了，留在锅子里的，是一股香味。甚至可以说放酒还是放水是会不会烧红烧肉的一个标准。当然还有人家在烧红烧肉时放入话梅和红枣，这些无非是增加一些额外的气息，是伴奏中多加一两件乐器而已。

不久之前金庸老先生到苏州来，苏州人请他吃的红烧肉是放在砂锅里焖出来的，这在滋味上更加纯粹了，用一句武林中的话说，这是有内功的红烧肉了。

吃饭

我是年过半百的人了，但吃红烧肉的爱好一直保持着，平常的一日三餐里，看到饭桌上有红烧肉，心里就觉得很踏实。但快餐店里的红烧肉，我是不碰的。快餐店的红烧肉就是放水烧的，这样可以在顾客的饭里加一勺肉汤，另外快餐店是急就章，那些红烧肉怎么看，也是一副未老先衰的样子。

藏书羊肉

法国一位作家看了陆文夫的《美食家》之后，特地赶到苏州来吃顿饭。冷盘热炒吃得差不多的时候，法国人笑眯眯地问我，苏州美食最大的优点是什么？这个问题不是太好回答。我要是说我们有一流的师傅，有舒适的环境，他接我一句这些我们法国也有，那就太没劲了。我想了想很实在地说，苏州有四季不同的物产和老百姓对这些物产的宠爱。法国人问我什么是宠爱，我说比如一个季节来临了，一样物产上市了，你要是没吃到，就感觉缺少了一点什么，这一年也就不完整了。

现在我要说的藏书羊肉，应该就是这样的物产。

我真正去藏书镇上吃羊肉也只有一回。那一年冬天，陆文夫来苏州杂志社开会，结束了以后突然有点心血来潮地说，要么去藏书吃羊肉吧。我们和当地的一个作者联系之后就往藏书镇去了。

当我们到时，那位作者已经在镇口等我们了，双方说了几句“麻烦你”“不客气”之类的闲话，他就带领我们去了镇政府食堂，说是今天就在这里吃羊肉。我说要不要找一家好一点的饭店，有名气的那种。那位作者说，用不着的，藏书镇上的羊肉店，家家拿得出手。这有点南京板鸭的感觉，南京的饭店不是道道菜过硬，唯一没话说的就是板鸭，真是几乎家家都做得好吃。

当时陆文夫装了假牙，羊肉吃不动，我还关照老师傅在羊汤里放一点羊血，这个可以不用牙齿嚼。我说，陆老师，你是来陪我们吃羊肉的呀。陆文夫说，闻闻味道也是好的。这个味道，应该就是风土人情。

苏州人欢喜说吃羊肉喝羊汤。每到深秋初冬，大街小巷里就开出来好多藏书羊肉店，加起来有几百家吧。羊肉店的门口原来就是很简单的四个字：藏书羊肉，近几年似乎有了各式各样的名称。写作是夜班活，我从青少年起就养成了冬天喝羊肉汤的习惯，现在已经中老年了，冬天的夜晚还是去喝羊汤。我家附近有一家阿胡子藏书羊肉店，有好多老顾客，我就是其中之一。

藏书羊肉到苏州来开店，是光绪年间的事情了，这么多年来，一直延续着这样的形式和滋味。我们恢复传统文化，有好多的修复，张三故居李四故居，中间隔了这么多年，王五拆过赵六修过，气场完全面目全非了，唯独吃喝还有真传在。

前几天我在书上看到，当年章太炎、李根源也都喜欢去藏书羊肉店喝羊汤。好多事情在文人墨客和贩夫走卒身上是有区分的，而美食却是空前的一致，空前的雅俗共赏。

除了苏州这么多羊肉店，藏书镇上的羊肉店依旧是如火如荼。每年一届的羊肉美食节，就是冬天里的一把火，一方面镇上推波助澜，一方面吃客们热情似火，政府有税收，商家有利润，苏州人有口福，藏书羊肉不就是和谐社会的一个影子吗？

肠肺汤闲话

有一阵，肠肺汤仿佛走红的新歌，类似于《老鼠爱大米》《两只蝴蝶》，你到歌厅里去坐一坐，总有人会点唱的。你要到饭店里去呢，几乎也是家家都有肠肺汤。也有一些餐馆，就像唱歌踏不准点子，不放胡椒粉或者放太多的胡椒粉，所以滋味就很失败了。

肠、肺、肚子、腰子都很好吃，我们小时候的认识是荤菜比素菜有营养，还有吃什么补什么。从前我们巷子里有一户人家，丈夫得了肾炎，妻子每天要去菜场买一两副腰子回来，烧汤给他喝。那时腰子好像蛮贵的，我还记得这个妻子下午去上班，遇上邻居总要说一句，去赚腰子钱了。现在大家弄清楚了，内脏是不宜多吃的，因为胆固醇高。

我母亲生前的拿手菜是红烧大肠，这道菜的要点首先是要洗得干净，然后是浓油赤酱烧。那时候我已经参加工作了，单身，住在外面，一般是吃饭时才回家。我母亲买了大肠，利用中午休息时间，洗干净放在煤炉上，烧得差不多了就封好炉子去上班，待傍晚回来，就有一道烧好的菜了。

那天我已经忘记是怎么回事了，反正下午三点多我正好回去，推开门就是一股香气扑鼻而来，一闻就知道是红烧大肠。我是很馋这道菜的，就蹲在厨房里，打开砂锅盖子吃，也没多大工夫，竟把一小砂锅大肠全吃了。这可怎么交代呢？我第一个念头就是一走了之，这几天不回家，过了风头再说。但立马否决了这个想法。一走了之只是暂时的逃离，最后终究是要面对的呀。

这里我想说一句题外话，有些犯了错误甚至犯了罪的人，比如交通肇事者，还有前几天我在电视上看到的新闻，有的人打伤了邻居，他们都选择逃跑，结果却是罪上加罪，真是很不应该，也很不值得。当然我这个事情没有这么严重，大不了被母亲数落两句。

一开始我也没有什么办法，只好随它去了，当我出门到了大街上，经过一家熟菜店，竟突然有了主意。我就去熟菜店称了两斤大肠，然后再转过身回家，放在砂锅里，那些汤汁还在，打开煤炉重新烧一阵，初一看，也是红烧大肠，只是滋味不能和先前的比。

那天晚上，大家都在批评我母亲烧的大肠有失水准，我母亲像犯了错误似的难过，我还假惺惺说，大肠可能是冷冻过的吧，是原材料的问题吧。

好多年过后，我在家里说起这件事情，大家笑得很开心，我也跟着大家一起开心。现在突然想到我母亲已经去世好几年了，心里涌起一阵悲伤。

冬天了，掀起吃菜饭的新高潮

新米、霜打以后的青菜、自家腌的肋条肉、猪油，这几样做出来的菜饭实在诱人。猪油是菜饭烧好之后盛起来拌在碗里的。最好是农村里的灶头，好比喝茶要用紫砂壶似的，全是为了锦上添花。灶头上烧菜饭，火是渐渐熄下去的，先是没有明火了，但柴还是火红的，然后火的颜色在柴上缓缓褪下去，这正好是一个恰到好处的焖饭过程，褪到完全熄灭的地步，菜饭就彻底好吃了。

市井里的菜饭是在煤炉上烧的，滋味要比灶头上烧的差一点。煤炉上烧菜饭，是很见功力的，菜和米混在一起，像是人流如潮的大街，有点杂乱无章，一不留心就夹生了。但我父亲是在煤炉上烧菜饭的一把好手，遇上他休息的日子，烧一顿菜饭，完了大家抹一抹油滋滋的嘴巴，连连称道。父亲就进一步摸索，使一道一道的步骤更加到位了。

父亲平常不操持家务，多干一点活基本上就没有好脸色了。有一次是冬天，父亲蹲在井边上洗衣服，完了一边晾衣服一边不开心，他说我为什么要生你们啊，这么冷的天，还要给你们洗衣服，真是何苦啊。我当时正好在做功课，其实不接话茬也就过去了，偏偏我从小就养成了碎嘴的习惯，就抬起头说道，你这话太不对了，我们也不是打了申请由你审批了才来的，我们是在你没有征求我们许可的前提下被你生出来的呀，但我们什么话也没说，按说理亏的是你呀，是不是？当时父亲很生气，将晾到一半的衣服扔在脸盆里，什么话也没说就回房间里去了。但后来遇上吃菜饭的时候，父亲还是很乐意地在井边洗菜淘米，这样的情形，仿佛一个不爱劳动的孩子，当了班级里的值日生，扫了一回地后，没料想第二天得到老师的表扬，他就来了做值日生的热情，老是盼着扫地，一拿上扫把，竟意气风发精神抖擞起来。

有一次，是寒冬腊月里，父亲对我们说，今天中午放学回来烧菜饭给你们吃，今天我要在菜饭里放香肠的。

劳动人民家庭里，吃菜饭已经是超出预算的项目了，再放香肠几乎是很奢侈的行为了。那一天的菜饭吃得我记忆犹新，现在说出来也不怕丢人了，一方面自己是尽量多吃一点，撑得很饱了才依依不舍地将饭碗放下来，另一方面还很市侩地希望其他一起吃菜饭的家庭成员少吃一点，留下来到晚饭时还有菜饭吃。

只是之后没多久，我们家就用上煤气了，是钢瓶装的那种，差不多一个月，父亲就要去换一次。看到年富力强的父亲，扛着钢瓶走出走进，一个那么会烧菜饭的长者，因为换煤气而沦落成一个苦力，真是让人难过啊！

再后来我长大成人了，日子也随着改革开放的深入越发好过了，吃的东西也多起来了，灶头和煤炉在日新月异的城市里，几乎是看不到了，菜饭也渐渐淡出了人们的生活。我就像一个辛亥革命以后的秀才，一方面随着人流走向新生活，另一方面心里还留恋着已经废除了的科举制度，想到菜饭的时候，总是有点失落的感觉。

好几个冬天的一日三餐，全是与菜饭无关的吃吃喝喝，一直到今年，冬天还没有来临，但天气已经有点冷飕飕了。这一天我坐在老苏州茶酒楼晒太阳，不是准备吃饭，也没有什么事情，就是抽烟喝茶晒太阳，其实其他地方也能晒太阳的，但我还是比较欢喜在老苏州茶酒楼坐坐，为什么呢？因为一方面老苏州茶酒楼是我们单位的一个部门，不久前去世的陆文夫说，老苏州茶酒楼是一本可以吃的《苏州杂志》，我在这里晒太阳，骨子里其实就是敬业爱岗；另一方面，我是一个比较好吃的人，一个比较好吃的人一定要熟悉一两家拿得出手的饭店，知道一两个出手不凡的厨师，这样就踏实，心里面就不慌张，而老苏州茶酒楼对于我，应该就是这样一个地方吧。

我在晒太阳的时候，陶师傅来了。陶师傅是老苏州茶酒楼新来的大师傅，很年轻，刚好比我小一轮，但他是国画院的朋友推荐来的，国画院好几个书画家对他的手艺都是很称道的。原来他在国画院边上的饭店里工作，能够将那些文化人伺候好，光凭这一点就很不一般，再一个他刚好也姓陶，姓陶的能有一手厨艺的绝活，我觉得有点沾亲带故的光荣呢。

阳光下我和陶师傅像两个流派的武林高手，东一句西一句地说饭道菜，然后话题就说到菜饭上去了。我说一个不会烧菜饭的厨师不是好厨师，在这样的阳光下，能够吃上一顿菜饭，会有一种人生很满足的感觉。陶师傅想了想说，我来烧一次菜饭请你尝尝吧。

这真是一个很意外的惊喜啊，我就约了一些朋友，大家匆匆赶来坐定，等到菜饭端上来，我感觉好像是见到了一个久别重逢的亲人。

我以为大家是给我面子，却没想到朋友们吃得也很开心，不少人心里本来就是有一个菜饭情结的，这一顿饭，不仅饱了口福，似乎还了却了一件心事。过后大家还专门去老苏州茶酒楼吃菜饭，看着他们一口一口咽下去，我的心里有一种“但开风气”的幸福。

记忆总是和往事连在一起，它们是一辆车子的前轮后轮，而往事又和一些具体的东西分不开，比如菜饭，就像是车轮上的钢丝，将一些往事很真切地撑起来了。我们在一路向前的时候，时不时地重复一些从前的段落，像是今年的春天去了，明年的春天又来了，多好啊！

吃意思

乾隆下江南经过苏州的时候，去了哪些地方见了什么人，没有谁十分在意，当事人应该都不在了，书上也没有特殊的记载。苏州人流传的说法是乾隆在松鹤楼酒足饭饱之后，又到书场听王周士说书了。

现在，我们正在和松鹤楼一街之隔的得月楼举办“乾隆宴”，感觉掀起窗子上的布帘，能看到对面楼头的清朝。旧时王谢堂前燕，这一刻真是有些穿越。

我少年时候的志向就是当作家，后来终于如愿以偿了，却不知这是一个费时费力的营生。当初我要是学当厨师，依照师傅教的方式做应该也不会差呢，我本身又爱好吃喝，要是当了厨师真是一事两便当啊。

我中老年之后，写文章的热情淡了许多，客观上也是有点江

酬友人春暮寄枳花茶

（唐）李郢

昨日东风吹枳花，酒醒春晚一瓯茶。
如云正护幽人堑，似雪才分野老家。
金饼拍成和雨露，玉尘煎出照烟霞。
相如病渴今全校，不羡生台白颈鸦。

昨日東風吹枳花酒醒春晚一甌茶如雲正護
幽人塹
似雪才分野老家
金餅拍成和雨露玉塵煎出照煙霞
相如病渴今全校
不羨生台白頸鴉
李郢 酬友人寄枳花茶

郎才尽了，正是人生低谷的时候，苏州烹饪协会收留和发展了我。

苏州烹饪协会的工作就是吃吃喝喝，你要是不吃吃喝喝就是在其位不谋其政的不作为，当然这个吃喝不是简单的就事论事，而是对厨艺和菜肴的归纳总结和开拓发展。也是在得月楼的这个楼头，我参加了四季宴、年夜饭和“陆文夫生前喜欢的滋味”等学术活动。虽然说苏州物产丰富，但我出生于一般的劳动人民家庭，日子相对简陋清贫，一些时鲜和特殊的烹饪技术全是在得月楼见识的。因为这样的活动，我的业务水平也有了长进，最初我是散兵游勇，后来参加了革命队伍，几乎是一个自觉革命者了。

乾隆宴是我的老恩师苏州烹饪协会的华永根研发的。我是半路出家，说起来不过是华老师广义上的学生，我的师兄师姐好多已经是江湖之上独当一面的大厨了，他们得了华老师的真传，将来华老师也会将衣钵传于其中的一位，而我一直是摆个样子凑个热闹的角色。

乾隆的吃喝，“讲究荤素搭配，精野味烹调，嗜鸡鸭，爱火锅，戒牛兔，远海味”。这是一个纲领，华老师率领得月楼陈军等将领，想象回到清朝，细细琢磨，做出来八九不离十的样子，这时候他们觉得自己就是御膳房的大厨了。

有一道肉丁酒炖鸭子，我觉得应该是乾隆宴中的重头戏。平时吃喝，感到鸡鸭全是风尘仆仆赶来，它们对于自己任人宰割的命运有一些无奈，更多的是不甘心，虽然身在餐桌，却处处透露着别扭。而这一道肉丁酒炖鸭子，它们完全是心甘情愿心服口服的态度，因为吃在嘴里是对食客的一种体贴。

你要说乾隆宴就是对当初清朝酒菜的照葫芦画瓢，我觉得未必如此。清朝的宴席仿佛是小说，我们今天的“乾隆宴”可能是根据小说改编的话剧吧。人物和故事几乎是原来的样子了。华老师和师兄师姐们是专业研究，对我来说，物质上是尝尝味道，精神上就是吃个意思。

烧饭师傅

南林饭店后门口有家卤菜门面，卤菜品种不是很多，数量也少，感觉去南林用餐是正式吃饭，买卤菜是来南林搭伙的。卤菜店里的酱肉、鲜肉月饼和盐水鸭好到一流，尤其是酱肉，放在一堆卤菜中是不显山不露水的样子，好比是江湖上不露声色的高手，只是无意之中的举手投足，暴露了自己的本事。

不好意思，田建华先生差不多也是这个样子。一眼看去，田先生是一个温和的数学老师，谁能想到他是大半辈子在厨房里煎炒烹煮的苏帮菜大师呢。一个退隐江湖的武林高手，在小镇上开爿茶馆店，武林中人过来吃讲茶，他去为大家倒茶，一边说请喝茶请喝茶，一边手指一捻，茶杯碎成粉末，你是什么感觉？

按照田先生的说法，自己是个“烧饭师傅”。烧饭师傅是苏州人日常生活中对食堂大师傅随意而温暖的称呼，田先生这么说，有点谦和，有点自得其乐。差不多功成名就的人，都是这样的招式，能够在你来我往中让人会心一笑，是有趣的人。

我和田建华先生认识的时候，他已经是“小镇上茶馆店掌柜”了。我说，田大师，你拿手的是哪几道菜？田先生说，南林饭店之前是市政府招待所，人来客往，各式各样，我的师傅讲究要举一反三，适应大家。

我的师傅说，木匠生活榫头匹配，来不得半点马虎，我们没有特定的标准，合大家口味，让大家吃得开心就是合格的厨师。田先生说。

田建华先生的师傅就是吴涌根。

有些人写作是炒菜，急火快手。我是炖菜，慢工细活，心里面有个想法，渐渐向前走，走着走着，就自然地遇上了吴涌根。

吴涌根是苏帮菜一等一的高手，当年陆文夫老师和他非常投机。吴大师全面开花，做点心方面更是脱颖而出自成一家。我和吴涌根大师有过几面之缘，也尝过他的厨艺，印象深刻的是，一只团子里面的馅是萝卜烧肉，我真是从来没有吃过这样有滋味的团子，就要求再吃一只。吴大师说，弟弟啊，少吃多滋味，一个人只有一只。

还是武林中的说法，比如一招白鹤亮翅，有些人张开双臂，显示出来的是脚踏实地，吴涌根这一招白鹤亮翅，是张开双臂的飞翔。

吴涌根在南林工作几十年，田建华跟随了几十年。我想尝尝田先生的厨艺。田建华安排自己的徒弟在南林做了一桌宴席，他们全是南林当下的大厨。

梅花开在梅树上。

这个句子太有意思了，我也经常要引用，起先还以为是古人写的，后来上网查了，却没有查到，难道是我自己写出来的吗？

苏帮菜这棵梅树上，吴涌根开过花，后来是田建华，现在是我们面前的三位大厨，流传有序，多好啊！

家常便饭

不明就里的人以为当编辑有不少意想不到的好处，比如看了别人的稿子可以有所启发，从而博采众长，实在并不是这回事。

事情要从姜浩说起，姜浩早就认得了，只是不久之前才知道他烧了一手精致的家常菜。一般的理解，烧烧家常菜的，不过是江湖中人，似乎饭店里的厨师才是武林高手，其实未必，厨师服务的对象只是笼统的顾客，他才不会在意张三李四什么的，因为这是他养家糊口的工作，而家常菜是为自己的家人和朋友红烧白笃，这是满怀深情的劳动啊。在饭店里吃的是人情世故，在家里吃的是人之常情。

言归正传，说起姜浩，首先要提的就是红烧大肠。说出来不怕难为情，姜浩带了一锅刚烧好的大肠来青石弄，我竟有流口水的感觉。姜浩说，大肠洗起来麻烦，我花了两个多钟头。

我母亲生前的拿手菜也是红烧大肠。这道菜的要点是要洗得干净，然后用浓油赤酱烧。我母亲买了大肠，利用中午休息时间，洗干净放在煤炉上，烧得差不多了就封好炉子去上班，待傍晚回来，就有一道烧好的菜了。

家常菜其实是从前记忆和生命的留痕啊。

俗话说吃啥饭当啥心，吃了姜浩的红烧大肠，我想到家常菜其实是苏州人的日常生活，比如我们请姜浩来烧一桌家常菜，再听听姜浩的人生故事，不是一篇很有意思的文章吗？更何况工作是在吃香喝辣中进行，多有意思啊！

姜浩很兴奋地接受了我的想法，他实在是热爱烧菜吧，这与我和书法有点仿佛。我是看见毛笔就手痒，接到写字的活儿，整个身体都是轻飘飘的。

当然姜浩的厨艺要比我的书法功夫高明许多，这一天聚在青石弄里品尝的人，全是一副酒足饭饱的样子。

百叶炒肉丝和两巾叶我吃了好多，百叶是姜浩在无锡采购的。我一向认为，无锡的百叶在众多城市中是名列前茅的。

还有就是糖醋小排骨。

说起来这道菜也是我母亲的拿手好戏。我们虽然是普通劳动人民家庭，但日子不至于捉襟见肘，只是我母亲是十分节俭的人，家常便饭小荤居多，这或许也是我对百叶炒肉丝亲切的原因吧。不过凡有客人来家里，我母亲会花不多的功夫，轻而易举就做出来几道小菜。而这几道小菜之中，必有糖醋小排骨。

那时候我刚好是恋爱的年纪，发现了母亲这个特长，就三天两头在饭点带上女朋友回家，看到我母亲在冰箱和炉灶前快乐地来来回回，我以为自己尽了孝心。

不过我母亲烧的糖醋小排骨，最后还要淋一些香油。我曾经和老恩师华永根提起过，他说老苏州茶酒楼也有这样的做法。

隔一天遇上姜浩的时候，我说你不如开一家饭店吧，就叫“老姜师傅”，你本身姓姜，还有俗语说姜是老的辣。

我觉得这个名字起得很有灵气，就在朋友间吹嘘，最后大家写文章的时候，薛亦然的题目是“老姜遇老姜”。其实我本来要写的是“老姜师傅”，所以有了最初的感慨，这里也算是文章的前后呼应了。

震泽美食索引

今天我要说说震泽美食。

酱蹄。将近二十年前，我刚到苏州杂志社工作。老陆说，震泽有个师俭堂，你去写写。接待我的是文化站站长，中午约在一家小饭店吃饭，要了酱蹄。

现在想起来应该是冬末春初的事。吴江人有过年腌酱肉、酱蹄的习俗，新杀了猪，肋条、蹄髈在酱油中浸些日子，取出后风干。

有品格的酱肉、酱蹄仿佛陈年旧事，谈起的时候还让人兴奋快乐津津有味。比如那一天我吃过的酱蹄。

后来我去过无数次震泽，一直要找那家饭店，却没有找到，也再没有吃过那样好滋味的酱蹄。文化站站长也没有再见到过，说是退休了。

好多年之前，吴江乡下操办酒宴，不少人家宴席上的酱蹄只是浇了放作料的木头模子，摆出来是大鱼大肉的样子，只有不明就里的人才下筷子。好在捉襟见肘的日子已经是一去不复返了。

吴江宣传部有个女孩子，她婆婆是腌制酱肉、酱蹄的高手，之前每年春节前后会送我一些，差不多有七八年吧。

大头菜。当年安东尼奥尼拍摄的纪录片《中国》中有大头菜的镜头。报纸上说，大头菜是老百姓喜闻乐见的酱菜。震泽的大头菜用的是制作酱菜前的新鲜蔬菜，搭配太湖银鱼或者白虾、肉丝，也不错，但我以为不沾荤腥更好，沾了荤腥的大头菜，像是破了戒的出家人。

黑豆腐干。我一直以为乡镇上的豆制品要比城市里的出色许多，乡镇上的豆制品是豆制品中的专业选手，城市中的不过是业余爱好者。而黑豆腐干更是乡镇豆腐干中的佼佼者了，好比说大家都是国家队队员，而姚明是主力，还是代表人物，差不多的意思吧。对了，姚明好像是震泽人。

黑豆腐干的黑颜色，是蔗糖熬出来的，文火慢熬，就可以有滋有味，既能当菜下饭，又能当随意小吃。

有一次在震泽吃饭，饭桌上我提议将黑豆腐干切成丝，再淋麻油试试，大家吃了一致赞扬，说我不愧是烹饪协会顾问，我一下子有了虚荣心，就没有说这是从周作人的散文中看来的。

熏青豆茶。应该是我认识最早的当地特产，早到我童年时代。当时我姑妈在吴江“上山下乡”，我随祖父母去探亲，村里面以熏青豆茶招待我们，我记得还有用炒熟的麦粉在模子里压出来的点心，以及一些酱菜。

香青菜。其他地方也有，但不及震泽那么正宗。震泽香青菜的香，是泥土里生出来的，其他地方仿佛是模仿秀，仿佛沾了香水的青菜。

去年春节长假，我做过一道凉拌香青菜，切细后放上干丝和火腿末，十分有滋味。不能多说，这是独家秘方。

红烧羊肉。一向是普普通通的菜品，各地也都有，感觉写出来就是凑版面的。最近一次在震泽用餐，却觉得有一道红烧羊肉别有滋味。她是坦然地面对厨师，对待食客也没有一丝别扭和怨怒。吃得我心情也好起来了，剩下的还打包回家，下了一碗羊肉面。

洪男

金洪男之前在大小厨艺比赛中得过不少名次和奖励，也有自己的拿手菜。拿手菜相当于武林中的独门秘诀，是属于自己的一招半式，有了自己的一招半式，才可以行走江湖。洪男现在经营饭店，生意做得风生水起。因为痴迷书画，大家称他是“江南雅厨”。

我是随大溜，也为洪男题写过“江南雅厨”，不过在我心目中，并不是因为洪男的淡墨浓墨，才说其风雅的。

不久之前，洪男送了我一些咸肉和两碗八宝饭，咸肉是自己腌制的。春天来了，又要做腌笃鲜，咸肉是主要角色。一般八宝饭都是放在笼架子上蒸煮而成的，东山有位老阿姨，八宝饭是在灶上烧出来的，别有风味。洪男专门去乡下学习了这个技术，然后在自己饭店里推广。所以我认为，洪男的风雅，其实是对食客的体贴和周到，并且用自己的心思和情感来烹饪。

访友人不遇

（唐）李咸用

出门无至友，动即到君家。
空掩一庭竹，去看何寺花。
短僮应捧杖，稚女学擎茶。
吟罢留题处，苔阶日影斜。

出門無至友動即來君家点掩
一庭竹
去看何寺花
短僮應捧杖稚女當擎茶
吟罷留〻是處
苔階日影斜

李龢用詩友不遇

苏州人对于吃喝比较津津乐道。有人挖空心思，想出来“红楼宴”“文人宴”，做一道“云林鹅”，做一道“茄鲞”，以为茄子里多放点作料就是贾府的厨师了，以为自己是活在当下的古代文人，其实倒我胃口。而我与洪男处得好，就是因为他身上展现出来的家长里短和人之常情。

一两年前，洪男拜华永根先生为师。一位是烹饪行业里的宗师，一位是后起之秀，这样的结合，似乎还有点梯队建设的意思，我就按照自己的想法送了一副对联：“吃香喝辣新梅华，传宗接代老恩师。”

老恩师是我对华会长特别的称呼，我根本不要学习灶头上的本领，这样说不过是跟在华会长后面吃吃喝喝师出有名罢了。新梅华是洪男经营的饭店名。

去年年底，烹饪协会改选，华会长退居二线，洪男当选了会长。我们的日子要过下去，少不了一日三餐，苏帮菜也要传承发展后继有人，金洪男一步一步走来，踏实而富有灵感。

灵感可能还得益于书画，洪男于笔墨之道非常用心，一些书画小品有专业风范，他几乎就是有模有样的书画家了。

我们是一个微信圈子里面的朋友，几乎天天能够看到洪男晒出新作。餐饮行业没有固定的上下班时间，我不知道他哪里来这么多时间创作的。洪男说他是每天晚上十点多下班之后写写画画，凌晨一两点钟才休息。这是很自讨苦吃的方式。

我爱好书画，因为当了作家，就说自己是文人画、文人字。

自己立了名目就按照自己的规矩来，我自圆其说，认为横平竖直的书画，没有体现出本职专业的风貌，也和广大的书画家没有分别了。其实省略掉好多专业辛苦的劳动，我心里的想法是自己开心就好了。

我把我的心思告诉洪男，洪男依然按照自己的方式在努力。人各有志，所以我只能在小天地里小打小闹，洪男应该在大世界中大放异彩。我们走到一起，展现多姿多彩的人生。

老恩师

我称呼华永根先生为“老恩师”。

两年前华老师关照我说，他要出一本名为《华食经》的集子，想请我写个序言。这是风光的差事，我想到一个有意思的题目叫《念了一遍〈华食经〉》，然后精心构思，光腹稿就打了几个月。我认识的华老师，就是经过历史沉淀的时令苏帮菜的代表。我半辈子的文字生涯中，多是平庸之作，但这一篇是精心之作。只是待我准备交稿，华老师的书已经出版上市了。

几天前华老师说，又有计划出版一本新作。这一回我要有点超前意识，打算序言先写好了放着。公交站台上，从来都是乘客等车子，现在公共汽车老早停好在那儿了。

华老师的新作，大部分在《苏州杂志》上刊登过，也可以说我是第一个读者。平常散落在报刊的文字，是邻家女孩，现在汇编成书，仿佛出嫁的新娘。

运动员和演员到了一定年纪都要转型。写作是我的运动生涯，现在我萌生退意，并且开始向书画学习转型。巧的是华老师从餐饮界领导岗位退下来之后，转型写作了。这几年苏州作家搁笔闲置的不少，但因为华老师的加入，苏州写作的总产值没有落下去。

华老师的文字，最大特点就是取自生活，有感而发，是活生生的喜怒哀乐。我们的日常生活仿佛流水，日子顺流而下，华老师记录下了好多瞬间，或是情真意切，或是有感而发，若有所思若有所悟，使我们体会到苏帮菜原来是如此光泽鲜艳，锋芒耀眼。那样的光泽和锋芒，就挂在我们早出晚归行色匆匆的日子里，不着痕迹不露声色，似乎和我们的生活融为一体了，其实又独具一格超然物外。

华老师笔下那熟悉的时令苏帮菜和见过几面的老厨师，让我想到了自己的从前，青春的念头和真诚的感悟让人心潮起伏，又可以让人一下子静下心来。对于陈年旧事念念不忘是好作家的品质，仿佛若有所得，其实怅然若失。这样的阅读，对我帮助很大。

回过头再说一说我和华老师的交往。说起来军人也不都是拿枪打炮的，还有唱唱快板书的文工团人员呢。我称呼华永根先生老恩师，也没有要当厨师的想法。再说，老恩师一身本事交到我手里他也不会放心吧。老恩师一心一意宣传发扬苏帮菜，他觉得只要有这样心思的，都是自己的同志，我差不多是他的一个“统战对象”吧。

虽然我没有得到恩师的真传，却一直被华老师对苏帮菜矢志不移的热爱和坚持所感动。老恩师也上了年纪，一路走来，有直路也有弯路，也丢失过不少东西，但是苏帮菜依然是他藏在怀里的宝贝。我年轻的时候写过一首爱情诗：

从古代到未来
一生一世和一生一次的爱
爱一个人用我每一天的日子
编织相遇
用我每一天的日子等待
然后老去
这时生命的全部光彩
兑成一枚枚硬币
我就在冬日的阳光下
用哆嗦的双手
反复清点
你是我生命的硬币
正面和反面
全部的图案

我以为老恩师心目中，那个与之白头到老的女孩，就是苏帮菜。

汪成师傅

中学同学碰头，说起我不少陈年旧事，我还一直以为自己是品学兼优的好学生呢。大家说起的一些是是非非我已经记不得了，但说我当年只要凑足一角五分，中午就去学校对面的526厂食堂要一份炒菜，真是记忆犹新。劳动人民家庭的孩子当时攒起一角五分真不容易，一个月也就两三回吧。

我十分享受食堂里的那一种味道，不是单纯的鸡鸭鱼肉或者萝卜青菜的味道，而是这些气息混在一起扑面而来，让人精神抖擞。当初我们不少同学的志向是当科学家、解放军，我的理想就是将来天天吃上食堂的炒菜。

后来我担任了杂志社的负责人，第一件事情就是建食堂。人到中年就实现了最初的理想，我的人生还是比较圆满的。

汪成从农场回来之后，分配在电扇厂工作，领导让他在车间、仓库和食堂中选择，他就选了食堂。那个年代车工、钳工之类如日中天，而且汪成也没有烧菜做饭的一技之长，他选择去食堂是不是因为和我有一样的理想呢？

那年的电扇厂欣欣向荣，苏州人称它和另外三家企业为“四大名旦”，生产兴旺了食堂水平也上去了，红案白案高手不少。领导对汪成说，我们这里还没有好一点的点心师傅，你要么去学做点心吧。

先是去黄天源学习点心制作的基本功夫，这是汪成的小学课程，在名牌小学学习，师出名门。之后跟随松鹤楼朱阿兴和梅府佳宴掌门人王致福很长时间，他们算是汪成的研究生导师吧。

刚入山门看见大师傅舞棍弄枪，而自己挑水劈柴，就存着一个学习本领的念头，处处用心揣摩，后来又遇上藏经楼的老前辈点拨，终于脱颖而出。武林之中这样的故事比比皆是，汪成一路走来，差不多也是这个意思。

包括电扇厂在内的“四大名旦”由盛极一时到每况愈下，最后电扇生产不下去了，汪成却在自己的行业中站住了脚跟。他靠着一身功夫行走江湖，先是在市政府食堂干，退休之后去新梅华，担任独当一面的点心师傅。

苏州人的一年四季，比较重要的仪式就是时令吃喝，汪成制作的鲜肉月饼获得过“中华名点”的荣誉。有一年中秋我慕名而去，请他加工一些鲜肉月饼，一来二去这样我们就熟悉了。

除了日常的点心，汪成还在新梅华负责研发新品，这样我就有了不少品味美食和享受生活的机会。

食堂的烹饪，应该没有酒家饭店那样的精雕细刻，却更有人间烟火气一些，所以食堂是日常生活中的知己。汪成从食堂出发，票友起家，终成大腕，肯定是成功的人生，所以我为他写了一副对联：“小小小点心，大大大手笔。”

小馄饨

我是个丢三落四的人，掉了东西却不往心里去，反正皮夹里有钱，可以再买新的，皮夹掉了也不在意，反正下个月又要发工资了。原来我对日子也是这个态度。我喜欢打牌下棋，耽误了不少事情，一直以为时间是花不完的。现在才明白过来，时间是花一天少一天，关键我们的日子不是简单的重复，好多东西随着时间竟悄然消逝了。

我可能到了写杂文的年纪，一出手就弄一番感慨。我一向写散文随笔，散文随笔是助兴的，杂文有时候是扫兴的，要么我试着调整过来吧。

年轻人喜欢展望，老同志容易怀旧。前几天我突然生出一个念头，去我之前生长的地方走一走——幼儿园，中小学，从前工作的单位。花一两天时间，仿佛又重复了一次人生。最先的一个地方，就是仓街。仓街靠近平江路，我自出生到上小学，随老人在那儿生活。离我们家不多远，是一家点心店，两开间门面，只经营大小馄饨和甜咸汤团。祖父一大早要去菜场买菜，回到家之后，就领着我去点心店吃小馄饨。

我在吃小馄饨的时候，祖父和别的老人说着家长里短，谈笑风生，这些老人也是领着自己的孙儿来吃点心的。有时候我们吃好了，他们还没有回家的意思，还要再说上一会儿闲话。当时我还不能完全体会他们那一种闲情逸致，只觉得他们状态很好，而那些老人就是为了带自己的孙儿去吃小馄饨才早起的。我想我将来要是成为祖父，早上也要带着孙儿来吃小馄饨。

但是我找到仓街时，那家点心店已经没有了，临近的街上有家连锁店，但吃点心的人都是行色匆匆，好像是忙里偷闲，三下两下吃了，要去赶生活。

眼见自己一天一天老了，再过几年我的孙子也到了我当时的年纪，都吃不到小馄饨了，到那时怎么办啊？我的心里很不好受。

也许正是这缘故，我对小馄饨有点情有独钟。我所经历小馄饨最辉煌的时代应该在我参加工作之后。我的单位在桃花坞，那儿真可谓小馄饨店聚集地，西街上有一家，泰伯庙附近有两家，最好的一家在马路对面的巷子里，那真是名副其实的泡泡馄饨。

店面是设在路边上的，梧桐树下面放了几张八仙桌，有时梧桐籽落在碗里，大家就脾气很好地挪一下位子。老板娘应该有四个女儿，可能都出嫁了，她们是轮着回娘家帮忙的。我当时想，要是做这家人的女婿也不错，我会约好多朋友来吃小馄饨，这是很开心的事情。这一刻才真正体会到“恨不相逢未嫁时”的含义。

现在这样正宗的小馄饨店再也见不到了。有一家饭店有点从前的样子，但最近在馅里加了虾仁，感觉是小家碧玉的邻家女孩，上大户人家当了小妾，亲近之人显得陌生了。

我在讲小馄饨，却有点顾影自怜，因为小馄饨仿佛文人，百无一用的样子，吃么吃了，饱还没饱，只是一点滋味而已。

高者在腹

二十世纪七十年代初，中国人的朋友、柬埔寨元首西哈努克亲王要来苏州，热情好客的苏州人民，在接驾桥和平门分别搭建了两座牌楼。

这一年我小学一年级。西哈努克来苏州的时候，下榻在苏州饭店，张子平就是当时苏州饭店的主厨。

这是几十年前的陈年旧事了。几十年来，坊间流传了好多关于西哈努克在苏州吃些什么的段子，我也听说过不少，比如“豆瓣肉”。塘鳢鱼两腮的肉指甲片那么大，俗称“豆瓣肉”。

张子平说，没有这回事情，全是常用的一些食材，其实当时山珍海味很少用到的。

常用的食材泛指鸡鸭鱼肉，张子平和好多我认识的苏帮菜大师一样，能够使家常便饭变得神采奕奕。长得像楚楚动人的明星，

秋山茗茶

（清）毛祥麟

一角秋山瘦益奇，一林枫叶半黄时。
山人何物能消遣，一盏新茶一卷诗。

山人何物能消遣
一盏新茶一卷诗
毛祥麟 秋山茗茶

却是邻家女孩，多么美好！

我们聚在一起，说一说苏帮菜的前世今生，再听听张子平介绍大半辈子的迎来送往。因此看到了好多名人给张先生的题字，如胡厥文、费孝通等。

我问张先生，这些客人最欢喜你什么菜品？

酱方，张先生说。

小锅操作一块两块酱方是烧不出滋味的，张子平烹饪酱方，先是将方肉和老母鸡、火腿一起扣在砂锅里蒸，将熟未熟时，再把肉单独取出来加工。

老先生们尝了张子平的手艺都说好，再到其他城市，还有点责备那里的厨师，你们怎么烧不出来苏州那个味道的酱方呢？

我曾经在苏帮菜宴席上吃到过一道酱方蜜汁火方双拼。看上去品相好，吃起来味道好，我吃过无数酱方，和这一次一比，那些酱方简直就是普通的红烧肉而已。那一瞬间我甚至有一种冲动，我想给苏州的领导和朋友提个醒，兄弟城市以后再到苏州来，朋友间迎来送往，我们不一定要用双面绣之类作为礼品，功夫大成本高，送酱方价廉物美。

这应该是有一点赞美张子平的意思，但当时我们还不熟。

一开始张子平学的是西餐，差不多有十来年吧，应该已经可以七七八八独当一面了，却对苏帮菜有了兴致。这时候和他一起入行的已经是厨房间里崭露头角的小师傅了，张子平从头做起，从拣菜洗菜到切菜配菜，再上煤炉，又花了好几年。而这样踏实的实践，也成全了他。

我在宜兴听说了顾景舟的故事，说是其他师傅收徒弟，已经在教和泥打坯了，他还在教打磨竹刀工具；人家已经着手做壶了，他却反复让徒弟和泥打坯。这是有道理的。

现在张子平的徒弟好多也是宾馆饭店的中坚人物了，有时候吃饭，遇上似曾相识的菜式，问起来历，大厨说，我师傅是张子平。我已经不在江湖，但江湖上还流传着我的传说，差不多是这个意思吧。

“高者在腹”是一句棋谚，是说边角有许多定式好用，高手却选择中腹行棋。而我这里的腹，就是肚皮。

点心小品

传统苏帮点心学徒，要做三年帮三年。

将近黄昏了，青年的齐白石随着师傅走在乡间的小路上，这时候迎面走来三个人，师傅将齐白石拉到一边停下来，待对方走近了，师傅很谦卑地笑着点头。

他们是干什么的？齐白石问道。

他们是木匠，师傅说。

那我们不也是木匠吗？

不一样，我们就做家具，他们还雕花呢。

师傅的话久久萦绕在齐白石的脑海里。这一年，走在乡间小路上的齐白石，内心里最大的梦想就是当一个好木匠，一个能雕花的好木匠。

白案大师朱阿兴相当于能雕花的好木匠。

朱阿兴的代表作是“枇杷院”，应该是从拙政园得到的灵感。苏州船点融入苏州园林元素，是另辟蹊径的构想。大凡船点以花卉动物见长，“枇杷院”还有了亭台楼阁，肯定就是标新立异的创造。

一般来说，我们这些早出晚归的凡夫俗子，差不多算是最普通的做家具的木匠师傅，我们的从前，也不过是往事。因为“枇杷院”，说起朱阿兴，就是传说了。

一世白案生涯，朱阿兴收过不少弟子。这些弟子，基本上是当下苏州饭店和点心店里独当一面的大师傅，他们向朱阿兴学习功夫，有的好几年，有的十来年，但董嘉荣自初出茅庐开始，随了朱阿兴大半辈子。三十多年来，董嘉荣学会了朱阿兴的手上功夫，也领会了朱阿兴的心思和情怀，应该是朱阿兴的入室弟子。

朱阿兴说，干我们这行要多带一只眼睛。平常生活中的点点滴滴全是素材，看得多学得多放在肚皮里，需要派用场时拿出来就是了。

朱阿兴在说这些话的时候，董嘉荣和他的师兄弟一起在制作枣泥。

枣泥拉糕是苏帮点心中的经典之作，而类似于过滤豆沙一样过滤枣泥，是大家眼中“吃苦头”的工作，也是白案的基本功。

先是把烧得沸烫的枣子放在网筛里去皮去核，然后用双手一遍遍持匀过滤，手上烫出水泡是常有的事情。枣泥制作好之后再加糖加油翻炒，不能粘，不能焦，直至颜色变深，再化水拌粉做糕。

枣泥拉糕蒸熟之后，切成菱形，用瓜子松仁点缀好。

似乎刚刚还是过滤枣泥的小年轻，当枣泥拉糕出笼的时候，竟已经是年过花甲的老人了。

现在不动手了，看他们做。董嘉荣说。

苏帮点心分水条、发酵、油酥、米粉四大类，而董嘉荣的徒弟拿手的传统点心就有七八十种。

“传承苏帮点心要静得下心，有目标有定性。”苏帮点心以小巧玲珑、四季有别、造型精致、口味独特著称。像一只烧卖，要做出二十到二十二个褶；一只船点“刺猬”，身上的每根刺都要笔挺逼真。

这话是吕杰民说的，吕杰民是董嘉荣的徒弟，自踏上工作岗位起，跟随董嘉荣也有三十多年了。

念了一遍《华食经》

华永根先生是我的老师，江湖上的行当，有些是可师可不师，比如作家，作家要是说谁是他的老师，要么瞎客气，要么别有用心。有些则一定要言传身教，比如武林功夫，比如美食。

我爱好吃喝，基本上是散兵游勇的状态，内心也觉得自己“馋老坯”似的不好意思，自从拜在华老师门下，感觉就是找到组织的游击队，也有点美食家的样子了。

华老师教会我的，是美食的来龙去脉。美食不是简单的吃吃喝喝，就像婚姻，也不是单纯的洞房花烛生儿育女，而是完整的一个流程。地里的蔬菜到餐桌上的炒素，尝到嘴里的，其实是蔬菜的一生。风和日丽时的春风得意，遇上旱涝天灾时生不逢时的无奈，美食家吃到嘴里的也不是单纯的酸甜苦辣，而是蔬菜和荤菜的喜怒哀乐。

华老师好比是寺院里的方丈，而我不过是刚进庙门扫地擦窗、担水做饭的小和尚。华老师请我为《华食经》写一些闲话，类似于擂台比武，徒弟上台比画两下，先热个场子。我读了《华食经》就像是令狐冲得到一本武林秘籍。

《华食经》记录的是我的老师华永根一年间的美食，家常便饭和山珍海味，五彩缤纷的各地特色和纯正地道的苏帮菜肴，一点一滴串成了美食的念珠。这一年之中，每一个品尝美食的瞬间，都是那样的令人难忘。

在苏州谈美食，真是天时地利人和。首先是苏州的物产实在太丰富了，巧媳妇难为无米之炊，这应该是其他地方的俗语，在苏州你只要是巧媳妇，就不愁没米。

一些人呢，天生就是巧媳妇，她的妈妈是巧媳妇，她的外婆也是巧媳妇，她们家就是巧媳妇世家。还有一些本身没有巧媳妇的素质，也没有当巧媳妇的志气，她的成长完全是因为摆在面前的这么多的物产，完全是因为一个地方的风气。当巧媳妇们遍地都是并且将苏州的物产打理得井井有条，这一方水土看上去是那样的酒足饭饱心满意足。当然我这里指的巧媳妇，不完全是那些嫁到别人家的女儿，而是一种泛指，泛指广大苏州儿女。

而华老师可谓巧媳妇之中的代表人物了，华老师是苏州烹饪协会的会长，相当于一个流派的盟主，时尚的说法就是领军人物。从青年时代当学徒学厨艺，到现在的功成名就；从一个跟在江南七怪后面摸爬滚打的小青年，到行走江湖扬名立万的老法师，除了日积月累的学习和努力，还有就是对烹饪美食的一往情深。我想我这个年纪，要跟在老师后面学习烧菜做饭，有点吃力了，我的主攻方向应该是学习华老师的这份热爱。饭店里的厨师好比打仗的将士，而我是唱唱《小白杨》之类的文工团演员。名师出高徒，因为华老师，这句话的一半已经完成了，我想我也会好好努力的。

是为序。

雪饺

其他地方做做吃吃的劳动人民比较直截了当，鲜肉饺啊韭菜饺啊，都是直呼其名的样子。我们吃的是雪饺，依山傍水的地方，冷不丁就遇上了风雅。

沿着村落走一段山路，就是解元牌坊，解元牌坊是东山陆巷的名片。从前是一个读书人家光宗耀祖的象征，现在是一个村落里的风景名胜，加上不少明清建筑，这里就成了收门票的旅游景点。解元牌坊跨着巷子建造，边上就是平常人家。明朝的时候，村里面决定要在这里竖一座牌坊，两边的人家未必没有其他的想法，耕读传家的思想是要宣扬，但是一座牌坊安在自家门口，至少出入多有不便吧。谁会料到几百年之后，这里会成为地标。按照现代人的思路，地标边上的房子卖得贵而且增值快。

看见解元牌坊再转过一个弯，就是做雪饺的王阿姨家了。

王阿姨名叫王丽华，她的说法是“美丽的丽，中华的华”。我们平时在一个地方或者一座纪念馆挂“爱国主义教育基地”的牌子，王阿姨充满正能量地介绍自己的时候，我觉得她就是在进行爱国主义教育。

雪饺只是今天的一道点心，之前还有不少冷盘热炒。我们在八仙桌旁坐定，王阿姨开始忙碌起来了。

一行人之中，除了我以外，基本上都是干了几十年的专业厨师，王阿姨在他们面前应该是票友吧，票友要在专业演员面前展示自己的功夫，我私下里小心眼地认为，有点吃力不讨好。

我是一位书画爱好者，平日里也有和书画家一起参加笔会的机会，在他们面前舞弄笔墨，多少有点自己是无证摊贩的感觉。将心比心，我站在王阿姨这一边，好在这一些餐饮工作者认真地品尝着，并且专业地评点着，除了大家都有修养外，关键还是王阿姨的手艺的确有独到之处。

王阿姨看上去五十出头，其实已经七十一岁了，好山好水真是养人。当年读《桃花源记》的时候，看到“不知有汉，无论魏晋”，都解释桃花源为外面的世界，到了东山陆巷，才知道这个提法顺带也说了年龄。

大家是冲着雪饺来的，雪饺之前有两道菜也令我印象深刻，一道是八宝饭，一道是老烧鱼。我好比是在电视机前等着看春晚小品的观众，意外听到了一首好听的歌曲，又看到了一场精彩的魔术。

八宝饭是出人意料的软糯和细腻。好多年前我到乡下采风，听到一首民歌，说是一个小媳妇在河边洗衣服，看到一个穿着白衣白裤、一表人才的小伙子从岸上走过，小媳妇是“精丝无力”晾衣服了。这回吃八宝饭的时候，我一下子想起了“精丝无力”这个词语。

通常八宝饭都是蒸熟的，王阿姨是在灶上烧的，是不是还有什么别的独门技艺，我就不知道了。

老烧鱼的原材料是鲤鱼，鲤鱼跳龙门，我记得好多人家是不吃鲤鱼的，也因为这个缘故，菜市场里的鲤鱼就十分便宜。王阿姨的做法是将鲤鱼腌好后晾干，然后放在锅里油炸，最后放上作料烧到汤汁收干。这道菜吃口真是十分有滋味。

我的母亲也擅长这一套。大户人家的厨师善于对高级菜品画龙点睛，家庭主妇们的拿手好戏就是在价廉物美的食物上下足功夫，有点化腐朽为神奇的意思。

雪饺是东山陆巷逢年过节时的一道点心，红枣、核桃肉、果仁之类，剁得细碎，再和上猪油，裹在糯米粉里。红枣和核桃肉还能看到细细小小的颗粒，在糯米粉的映衬下精神抖擞。这一道点心需要慢工出细活，在急功近利的年代，雪饺是有关旧时月色的收藏。

广大的乡村，总会有一两位烧得一手好菜的能人，他们无师自通，又行侠仗义似的游走在村子里的红白大事之间。王阿姨的父亲，就是这样的能人。十三四岁的王阿姨，跟随着父亲东家西家地来来去去，并且参与到烧菜做点心的工作之中，名师出高徒，王阿姨最后也成长为灶台边上的好手。

现在苏州和周边城市的不少城里人前来陆巷游山玩水，赏赏田园风光，吃吃农家菜，调调思路换换人生。而陆巷的一些年轻人，去城市里打工讨生活，王阿姨的儿子子承父业学了厨师，现在长年在城市里的一家饭馆工作。留在陆巷的房子，因为一年只回来住几天，就不去好好收拾了。

虾子酱油

一般人看来，虾子酱油几乎就是一出戏曲中的锣鼓家什，但是在我的心目中，虾子酱油就是评弹中的琵琶弦子，少了它演唱就成不了腔调。

《随园食单》里说，虾子酱油是秋油里面放上了虾子熬出来的。春天的时候就开始酿造秋油，经历了夏天的日晒夜露，直到秋风起时才大功告成。日晒除了增加植物蛋白的含量，还是为了让水分挥发，这样酱油的颜色显得很正宗。现在有的酱油，淡兮兮的颜色，肯定就是日晒不够，也只能是吊儿郎当的酱油了。夜露主要是为了除去酱油中的豆腥气。现在秋油不多见了，只争朝夕的年代，谁肯花这个功夫。好多早出晚归的工作，用去的仅仅是时间，只有投入了生命和心思的时间才称得上岁月啊。

虾子酱油的虾子，一定要是河虾。河虾的虾子鲜美得细腻，而且是小家碧玉似的清秀。苏州靠着太湖、阳澄湖，地理环境得天独厚。现在有人用海虾的虾子熬酱油，吃到嘴里是大大咧咧的粗糙，还有人用鱼子代替，这样的弄虚作假真让人生气。

苏州有名的虾子酱油，是稻香村制作的。我接触稻香村的虾子酱油时还是学龄前儿童，我的祖母习惯在米烧粥里倒一些些，吃起来很爽快。

我上小学二年级的时候，教我们音乐的女教师年轻漂亮，轮到唱歌我总是积极举手，我其实是一个五音不全的人，但是能够让音乐老师弹着风琴给我伴奏，谁还管得了那么多。我从小就是一个肚子里藏不住事的人，把心里的想法告诉同学，说音乐老师是我的女朋友，结果不仅写了检查还被停了一个星期的课。好多年之后，我在我们家巷口遇上音乐老师，就上去打招呼，她已经退休，根本不认识我了。现在，我自己也老得不成样子了。人的一生要经历多少物是人非啊!

今年我吃的虾子酱油分别是三位朋友的作品。每年四五月间，新聚丰的老板龙祥都要组织一次三虾宴席，完了一人还能带回来两瓶他自己酿造的虾子酱油，我人缘好，可以拿一箱。每次拿起这一箱酱油，我的心里除了欣喜，还有一点多吃多占的不安。另一位是原来老苏州茶酒楼的大厨毕师傅，我们曾经是同事，毕师傅当年一直为陆文夫先生掌勺，现在陆先生走了，毕师傅还能想起我，这一瓶虾子酱油是打破“人走茶凉”说法的人间自有真情在。还有就是企业家张总，张总的企业已经打理得顺风顺水，用不着

煎茶候客

（清）毛祥麟

晓起开窗看云气，汲水煎茶茶鼎沸。

呼童扫径候门前，邻翁有约曾未至。

曉起開窗看雲氣 汲水
毛祥麟
煮茶候客

烦更多的心思了，他就将几乎所有的精神投入美食中去，但我尝了他的美食拿了他的虾子酱油，一句赞美的话也没说，好比是人家有了外遇，你阿能说你们真是天生的一对啊？

白切肉蘸虾子酱油，是夏天里苏州的一道名菜，但我觉得虾子酱油蘸白笃蹄髈更加有意思。最有意思的还是虾子酱油蘸油条，加上一碗泡粥。

说到底虾子酱油还是比较价廉物美的东西，平常人家也消受得起，像我这样吃吃做做的劳动人民，大凡有一点点滋味，就能心满意足了。

三虾豆腐

写文章的人，表达的是自己，山水人物，一花一木，全是为了表达自己心思的虚晃一枪。演员呢，在舞台上表演的是角色，演着演着忘记自己了，大家说这是好演员。要是只会演和自己性情仿佛的角色，大家就客气地说他是本色演员。众多菜品当中，香菇应该是本色演员，无论是炒菜或者烧汤，香菇一出场，就将碗里好吃不好吃的东西串成一个滋味了。做人要这样，朋友会吃不消的。而在我心目中，豆腐算得上是好演员了。

豆腐咸菜，豆腐胡葱，豆腐荠菜，豆腐麻菇，豆腐蚌肉，豆腐蟹粉，等等，在基层中，豆腐能平易近人地和普通群众打成一片，和权贵在一起，也能不失自我而独立地存在。我报出一些菜名，举出一些例子来，只是冰山一角，豆腐做的好文章，多了去了。

苏州是工艺之都，玉雕、红木雕刻、刺绣全是特色。几十年前，要在众多师傅中选拔工艺大师，因为名额有限，实际那些没有选上大师的，几乎也是个个身怀绝技的高手。今天我要说的三虾豆腐，在和豆腐相关的菜品中，差不多就是幸运地被选上的大师。

三虾豆腐是石家饭店的名菜，当年石家饭店的老板专门请了灵岩山上的金和尚来制作、加工豆腐。出家人清心寡欲，他们能随便看的就是风景，所以寺院大凡建在山清水秀的地方；出家人不能吃荤腥，所以和尚们在素食上做足了功夫，而豆腐几乎就是出家人的独门暗器了。所以你能想象金和尚制作的豆腐，是怎样与众不同吧。

三虾豆腐是夏令佳肴，也只有每年夏天河虾上市的时候，才能凑齐虾仁、虾子、虾脑，这也是河虾一生中最意气风发的光景。苏帮菜中单独用上虾仁或虾子的不少，而以三虾示人的却不多，河虾将一生中最风光美丽的时光交付给豆腐，感觉是王子与公主般情投意合。每年夏天，我都要抽空去石家饭店，我是专门为三虾豆腐去的，似乎像是出席婚礼的嘉宾。

现在苏州几家饭店里有一道菜叫海鲜豆腐，海鲜豆腐里的海虾仁，跟暴发户似的趾高气扬，而豆腐像一个过了中年还急忙改嫁的阿姨。

爆米花

爆米花的担子是挑在肩上的，一头是风箱，另一头是黑漆漆的炉子，炉子歇在肩上的时候，是一副沉默寡言的样子。爆米花的担子一般歇在巷子里比较宽敞的地方。爆米花的师傅，一边做着准备工作，一边时不时地喊一声“爆炒米哎”。这不是本地的口音，我们也听不出是什么地方的方言，但他的这一声调子，我们都能一下子明白。

一些机敏的孩子，已经聚到了师傅的摊子边上，师傅一手拉着风箱，一手转动着炉子，有好一会儿，停下手来，师傅说“响喽”，炉子就很听话似的“嘭”地响一声。孩子们连忙伸手去捂住耳朵，却也是迟了，也或许是要有意听得更真切一点，开心也多一点。

我是比较迟钝的那一种，直到炉子的声音在巷子里响起的时候，才记起了去做大人的工作。

实际爆米花是花不了几个钱的，但对于节俭的人来说，几个钱毕竟也是钱，比如我的母亲。

母亲说，吃闲食，浪费粮食。

外祖母说，其实也不浪费，吃了爆米花，饭就吃得少了。

母亲说，小孩子养成吃闲食的习惯不好。

外祖母说，他饭吃得少了，菜也吃得少，反而更节省呢。

母亲就不再说什么了，她从缸里舀起两碗米，倒几粒糖精，包一个小包，再掏出一角钱，将这些交到我手上。

一角钱是加工费，要是没有自备糖精，就是一角五分。

我去的时候，巷里的孩子已经在爆米花的摊子前排成了一长条队伍，师傅就从风箱下面的抽屉里拿出几本小人书来。小人书的数量有限，所以不能每个人都摊到一本。拿到小人书的，有一种被选上班干部的感觉。没有拿到的就凑上去一起看。其实这几本小人书大凡都老了旧了，但在爆米花摊边再看一遍的感觉，就是不一样。

也有空手而来的孩子，或许是大人不在家，或许是大人不许可，已经爆好米花的孩子肯定会抓几把在他手里的。

住在我们家隔壁的一个女孩子，立在街当口，悠悠地一粒一粒往嘴里填着。

她比我大两岁，据说后来去了美国，所以我没有再见到过她。

菜心瘪珠团

瘪珠团是菜谱中的说法。小时候听家长说起瘪珠团，我以为是瘪嘴团，第一次在文章中看到这个珠字，我想是厨师在搞风雅呢。其实瘪珠团三个字十分形象，就是米粉揉成圆珠再按一下，瘪嘴团反而不是太准确，却比较有趣，是日常生活焕发的亲切，也有想象空间。比如我说起这个名字，就能想到小学里的一个女生，她说起话来声音很轻，嘴巴是有点瘪的，大家叫她“小瘪嘴”。

上个礼拜我去唯亭阳澄农庄吃饭，差不多快结束的时候，服务员端了一份菜心瘪珠团上来，这是好久没有遇上的一道点心，几乎是一种和从前的朋友不期而遇的感觉，我尝了一下，是很地道的滋味。米粉和糯米粉的比例恰到好处，汤里是稍许重一点的菜油，美中不足的是菜心还不到季节，用的只是普通小青菜。

新米上市时的米粉，再加上一半或者一半以上的糯米粉，是瘪珠团的最佳搭配，这样的搭配相当于唱歌的羽泉和水木年华，大家合在一起反而能将各自的优点突显出来，韵味也更加丰富。这是城里的吃法，农村也有瘪珠团，下在米烧粥里，基本上是不加糯米，这样吃了熬饥，干起田里的农活也更有力气。

菜心瘪珠团是从前吃的点心，从前就只有菜油，菜油免不了有油腥气，但你要是换成色拉油，意思就差远了，我在阳澄农庄吃菜心瘪珠团的时候，就明确地体会到了从前的日子。

青菜一年四季都有，霜打过的大菜却是时令，瘪珠团和霜打过的大菜仿佛两地分居的夫妻，他们终于聚到了一起，真正的菜心瘪珠团也应运而生了。阳澄农庄的服务员介绍说，他们自己有一片菜田，也种了大菜，所以到了冬天，我要再去一次。

吃素的

我请范小天去新开的素菜馆吃饭，他连连说好，为什么呢？一来聚在一起吃饭总是大鱼大肉，二来还要为点什么菜花去好些时间，你要酱汁肉，我要母油船鸭，大家坚持一下，就两道菜一起上，表面上是息事宁人，吃起来可是有点折腾了。

我记得一路上范小天还说了些今后我们一个月要去上一两次，这是很好的调节等等之类的话，只是点菜的时候他突然说了一句，怎么没有荤的呀？我说朋友啊，这是素菜馆。他一定是忘记这一茬了，脸上也有点不好意思，过了好一会儿突然很响亮地说道，对了，鸡蛋是荤的呀，点一个鸡蛋。

我们翻遍了菜谱，只找到一道有鸡蛋的菜，其实也说不上是菜，是面条上的浇头。范小天说，就这个吧，我们点一道鸡蛋面。我说面条已经点过了。范小天说，你这人怎么这样，你是请客吃饭呀，怎么能够不让人点菜呢？我就不好再说什么了。

鸡蛋面是切成几片的酱蛋和面条放在一起，端上来的时候，范小天说这一道是我点的，将鸡蛋夹到自己碗里，然后说，大家吃大家吃。我看他将几片鸡蛋吃掉之后，人也一下子踏实起来了。

几天之后，是我母亲去世纪念日，我们要在寺院做一次法事。我是第一次参加这样的活动，听着僧人们一边念经一边指点我们跪下去，磕头，立起来，然后再跪下去，磕头，立起来。这是个体力活，而且是劳动强度相当大的体力活，但母亲为我们操劳了一辈子，做这点体力活是微不足道的。

法事进行了差不多三个小时，我早饭没来得及吃，饿得更厉害了，但还是生生挺着。中午的时候，法事告一段落，我们在寺院里用素斋。一桌子的菜，我嘴巴不停地吃，竟是没有饱的感觉，或者说是一种心里没有着落的感觉。我就想到了不如跑出去上饭店，但马上否定了自己的想法，今天是为母亲做法事啊，我心里说，妈妈，为了你我什么苦都能受得。

我们离开寺院的时候，僧人告诫我们，今天最好吃素，就是今天晚饭也不要动荤腥。这当然是要听的，什么叫最好，我们照着办就是了。回到家里，我炒了几只鸡蛋，又剥了几只皮蛋，然后烧一锅稀饭，对付着吃，就是一顿晚饭了。

第二天一大早我就起来了，早早地赶到面馆，要了虾仁面，再加一块熏鱼和一块焖肉。熏鱼和焖肉拿上来的时候，我简直就像是看到了久别重逢的亲人，也是在这个时候，我想起了范小天点鸡蛋的事情来。

时尚提倡素食，但事实上在不少人那里可能是行不通的。其实像我和范小天这类人，还不在少数呢。我觉得时尚应该采用大禹治水的方法，不是一味地堵，而要因势利导，提供荤素搭配，在此基础上，逐步过渡。

腊八粥

腊八节是从前新年旧岁交替时的祭礼。腊八的腊字，从前是打猎的猎字，这就说明，我们的先民是通过打猎捕获老虎、狗熊之类的野兽来祭祀祖宗的。这样做的意思是说这一年多亏祖宗保佑，才平平安安地过来了，明年还要请祖宗继续保护，大家的生活也要更上一层楼啊。

这是一项很隆重的活动，晋朝的裴秀在记述这项活动的诗中写道："有肉如丘，有酒如泉。有肴如林，有货如山。"那时候的古人还比较实在，也是真心对待这项活动的，全部家当都带出来了，真是大手笔啊！

当然随着时代的变迁，祭祀的腊八渐行渐远了，人们也不打猎了。大家有正常的工作，打猎改成打字、打球了，现在的城市里，你即使有这个心也没猎物呀，猫啊狗啊全是人家养的宠物，你要动手试试，那真是自讨没趣了。再后来，腊八开始流行吃腊八粥了。

传说腊八粥和明朝的朱元璋有关。青少年时期的朱元璋给人家放牛，粗茶淡饭东家老地主也要克扣，在村子外面放牛的朱元璋实在是饿得不行，就掏了一个田鼠洞。田鼠多会过日子啊，积谷防饥储备了好多吃的，洞里面玉米、赤豆、稻谷、地瓜一大堆，朱元璋将它们收拢起来烧成一锅子稀饭，看上去五彩缤纷，吃起来十分美味。

做了一国之君的朱元璋，想起从前的酸甜苦辣，就让御膳房烧一锅玉米赤豆稻谷地瓜稀饭，重新再吃，依旧是有滋有味。朱元璋就拿腔拿调煞有介事地说道："我本淮右布衣。"言下之意我也是苦出身，但我是一个不忘本的人。其实是当上皇帝，一天到晚山珍海味的，突然来顿粗茶淡饭，当然是别有一番风味了。这个故事传到宫外去，大家都图个新鲜，渐渐地腊八粥就在民间流传起来了。

但这个说法也不一定站得住脚，因为腊八粥在宋朝就有记载了，宋朝时只有牛在地里吃草，放牛的朱元璋还不知在哪儿呢。可见古人也有拿皇帝说事的毛病。

现在的腊八，几乎是一个可过可不过的节令了，一则是你要是有吃粥的心思，随时随地都可以吃到，百货店里什么都有，想省事，超市里也有现成的八宝粥，你要是高兴一年四季天天可以过腊八节。二来现在大家普遍比较忙，不少节令习俗都简化了，比如腊八节，就有点和春节归到一起的意思。

点心还在

我妈妈称一日三餐的吃喝是死粥死饭。劳动人民家庭的日子清贫，填饱肚子就是日常生活，我们和点心几乎难得打照面。一九七六年唐山大地震之后，说是苏州也保不定要地震，好多人家搭了防震棚，我妈妈摊了面衣饼，再拿一些苏打饼干和鸡蛋糕放在棚子里，心里似乎安慰了许多。这时候正好放暑假，我们就钻到防震棚里下军棋，没有几天，这些点心就被我们吃完了。

我妈妈是中午回家发现这个事的，一怒之下罚我和弟弟不许吃午饭，还要立壁角，就是靠墙壁站着。妈妈走开之后，弟弟从口袋里掏出半块桃酥，分了一半给我。桃酥是邻居家防震棚里的，邻居在一家工厂当干部，家庭条件比我们好一些。

弟弟去世的那个晚上，我想起这些陈年旧事，现在要不是为了写文章，谁愿意上了年纪再忍受难过啊。

吃饭

这一回去震泽开笔会是我想出来的，其实震泽的点心只是写文章的虚晃一枪，我的本意是想通过依旧还在的滋味，想起些恍惚的从前来。一起去的荆老师青少年时代曾经在震泽当了一阵子中学老师，没有想到的是，我们去的一家馄饨店，老板娘就是荆老师当年的学生。

好多年前，我曾经听荆老师说起过，他当年在震泽教书的时候，还跑到南浔去买了电影票追女孩子。一个乡镇青年老师，白天教书育人，晚上踩着单车赶上好几十里路，守在电影院的路灯下，多么美好的时光啊。

荆老师赶往南浔的夜晚，我只是在台灯下读读书瞎想想，之后有了忽发奇想或者异想天开的习惯，我就去当诗人了，而有了丰富生活经验打底的荆老师，就自然而然地成了一名优秀的小说家。

震泽镇上的麻团可谓一绝，式样饱满，滋味也不一般，是彻底的糯，这是我心目中的知己美食。做麻团的师傅身怀绝技，笑傲江湖，麻团店的老板一年要付他十七万元工资。这几乎是我两年的工资了。做麻团学好了手艺就是一劳永逸，写文章还要一天到晚挖空心思，但我还是喜欢现在的人生，写写画画，苦了累了，跑到震泽歇歇脚，尝尝麻团，这样的日子，我很知足。

郊居即事

（唐）贾岛

住此园林久，其如未是家。
叶书传野意，檐溜煮胡茶。
雨后逢行鹭，更深听远蛙。
自然还往里，多是爱烟霞。

住此園林久其如未是家葉書傳野意
簷溜煮胡茶
雨後逢行鷺更深聽遠蛙
自然還往裡多是愛晚霞

逯耀东

我的藏书差不多有五千册，最近我在整理自己的藏书，发现我读过的竟然不到五分之一。这让我十分失落，平时走出走进，看到满柜的图书，感觉自己似乎是满腹经纶的饱学之士，说话写文章也比较自信，比较有底气，一旦明白过来不是这么回事，这个打击对我真是太大了。

一开始我只是想把这些图书放放整齐，后来觉得既然不看，这些书搁在那儿也没意思，不如处理了吧。说实在的，像我这样的小知识分子，家里放个千把册图书足够了。

我想到将这些图书送人。但就是这样随便拿几本送给朋友，也太没来由了，我就签上作者的姓名，以签名本的形式拿出来，好多人还是比较喜欢的。当然古书就不能这样做了，人民文学出版社出版的“三言二拍”，你就不能签冯梦龙，一般这样的，我都签车前子，他书读得多，文章写得好，粉丝也多。

本来我是要说逯耀东的，半天还不见主题，跟堵车似的绕不出来了，这也是读书不够的直接后果。

逯耀东是台湾著名美食家，我手头有他写作的《肚大能容》，我记得应该有他的名片，名片上的名字好像是书法体，就想到要找出来，照着临摹在书上。本来下家都想好了，叶老师正好工作调动，我就将这本书以礼品的形式送给他。结果找了半天竟然没有，我就很泄气地坐下来随便翻翻，看一看书中有关苏州的文章。

逯先生的文字可谓朴实无华，说到一道名菜，一个地方，一个名人，都有比较详细的背景文字，他像一个在你出门时怕你走丢而反复叮咛的老人。这样的文字，还是很对我胃口的。但是引起我关注的，倒不是逯先生笔下的甜酸苦辣，而是逯先生的青少年时代居然是在苏州度过的。他说起了好多从前的旧事，还有现在的滋味和从前的对照，真是太有意思了。

好几年前的一个晚上，我在新聚丰吃饭，好像是散席了，下楼出门的时候，新聚丰的朱老板叫住我，向我介绍了坐在堂口小酌的逯先生。

逯先生听说我在《苏州杂志》工作，就说起前几天还去了陆文夫那儿，然后交给我一张名片，说自己住在乐乡饭店，还要在苏州待一阵，有机会可以联系。但后来我没有去拜访逯先生，其实当时已经买回来《肚大能容》一书了，却没有好好看过。过了一些时候，听到一个消息，说逯先生去世了。

逯先生是台湾大学历史系教授，曾经是苏州大户人家的公子哥，爱好文艺，组织剧团，参加演出，还创作过诗歌。后来有了美食家的声名，在学校举行美食讲座，竟是座无虚席，似乎比听历史课的学生更多呢。

我的人生也会在吃吃喝喝读读写写中老去，也会独自一人在饭馆小酌，也会遇上个把舞文弄墨的年轻后生，也会给他一张名片。怎么老是会有很多人在重复着一样的经历啊？

所以我要把《肚大能容》收藏起来了，这是我一千册藏书之一。

毕师傅

毕师傅说起清熘虾仁的时候，双目炯炯有神。

虾仁是活的，有生命力，也就特别的鲜美。敷一层浆，薄如蝉翼，似有若无，再下进油锅，没什么拖泥带水的，只几个翻转，清熘虾仁就这么一气呵成了。

毕师傅是老苏州茶酒楼的大师傅，和他一道出师的师兄弟，有的走上了领导岗位，做起了行政工作，有的厌烦油腻生活，干起别的行当。毕师傅说，我没有能力，也是喜欢烧菜，待在老苏州茶酒楼，真的很好。

食不厌精，烩不厌细。毕师傅乐此不疲地将苏帮菜的精巧发挥得淋漓尽致。

苏州是个文化古城，悠久的吴文化渗透在日常生活之中，饮食文化就是其中之一。要保存和发展苏州传统的饮食文化，毕师傅说，能干的事儿真多啊。

其实文化绝不仅仅是琴棋书画，平常生活，衣食住行，点点滴滴，有意无意都体现着文化的韵味。老苏州茶酒楼装饰得很有些书卷气，菜也有一种书卷气。这样的感觉很苏州。有朋自远方来，约上他们去那儿坐一坐。苏州不是几个方面能归纳的，也不是三言两语能说明白的，就是在这样的氛围里，讲讲说说，再细细品味毕师傅的手艺，什么是苏州或者苏州是什么，你自己去体会吧。

毕师傅正在厨房间里忙着，等菜上齐了，毕师傅也就忙停当了，这时候他就走到楼上来，敬大家一杯酒，再问一句：菜吃得怎么样？

大家就七嘴八舌地说起来，这里是这样的好，那里是那样的好。

大家说出来的，就是吃到嘴里的苏州。

我一向把毕师傅引为知己，一来是我好吃，识得一个好厨师，心里的底气足，嘴上面也不会慌慌张张了。二来我觉得做厨师和写文章太相似了。菜市场里应有尽有，选什么放到篮子里，要动一番脑子。怎么样将选定的材料做成小菜并且做好，这与写什么和怎么写真是异曲同工。到老苏州茶酒楼去，跟毕师傅学，我又长进不少。

美食家和“馋老坯”

为什么我比较好吃好喝呢，刨根问底地去想，因为小时候的日子比较清苦吧。记得当时饭肯定是管够的，但菜是分成一份一份的，样子和现在的快餐差不多，但数量是不能比的，荤菜简直就是屈指可数了。现在我的孩子几乎是懒得吃喝，多下几次筷子，就算是给面子了。我希望他多吃多喝茁壮成长，他要高兴，把冰箱里干的湿的全吃了，我非但没意见，还会觉得他能干。但那时候你要是将碗柜里的菜悄悄吃掉了，几乎就是要了父母的命。俗话说往事不堪回首，说起这些，不由让我难过起来。

有些好吃好喝的人，从小时候开始，就是喜欢吃喝，好吃好喝成了他日常生活的一部分，是习惯成自然，但我觉得我的好吃好喝是因为馋的缘故。长大成人了，吃喝的内容也渐渐丰富起来，一开始是心里面还有阴影，生怕桌子上的大碗小碗说走就走了，也就什么都不顾了。到后来听说哪里的饭店有一道什么特色菜，就心心念念要去品尝一下，这样的状态，和好赌的人听说三缺一仿佛。所以美食家和“馋老坯”是一页书的正面和反面，一时间你要将他分清楚，还真的不太容易。美食家是透过吃喝看风土人情，看历史看现在，所以他们骨子里算是文化人；“馋老坯”就有点为了吃喝而吃喝的意思了。打个不恰当的比喻，美食家和吃喝的关系有点梁山伯祝英台浪漫爱情的感觉，“馋老坯”和吃喝的关系就是平常日子的传宗接代了。

两道点心

陈国平是建屋国际酒店的总厨，我和他是因为要给金庸准备席宴才认识的。当时金庸要来苏州，陈国平根据《天龙八部》中的描写，负责安排一桌饭菜，事先请大家去点评。我还记得我提的意见是若即若离，留有空间。其实作家笔下的美食，不可不信，也不可全信。《红楼梦》中的“茄鲞”是曹雪芹刻画得比较具体的一道菜。后来的厨师按照小说脚本操作，做成什么样的都有。好多年前，我就想写，这道菜主要还是曹雪芹利用茄子比较容易吸收滋味这个特点，进行了很好的发挥。但反过来一想，这么多红学家和厨师总不能闲着吧，就一直没有说出来。不久前我还看到一段文字，是清朝人关于茄鲞的描写：“立秋茄鲞，将茄煮半熟，使板压扁，微拌盐，腌二日取晒干，放好葱酱上面，露一宿，瓷器收。”这是比较简明扼要的说法，当然我只是随便一说，具体还是以红学家讲的为准。

话说上星期的一天，我和叶老师以及电台主持人阿丁一起吃早茶，陈国平热情接待了我们。建屋国际酒店供应的是广式早茶，我的两位朋友对广式早茶比较熟悉，他们坐在那儿，人家还以为他们是从广州到苏州来出差的呢。我只能跟着他们的动作学。

苏州人有“早上皮包水”的说法，只是单纯的喝茶，喝通了之后，随便要一副大饼油条或者一碗焖肉面，比较潦草地吃好之后，精神抖擞地开始一天的工作。苏州人的午饭、晚饭还是比较讲究的，这是工作之后的一种享受。广式早茶要丰富许多，几乎是一桌子的吃喝，过程也比较悠闲，广州人要吃开心之后，再去努力工作。不一样的风土产生不一样的饮食风格，但本质上苏州人民和广州人民都是勤劳善良的。

那一天的早茶有两道点心令我印象深刻，第一道是“杏片雪蛤球”，端上来时香气十分诱人，咬上去还有一点儿汤汁，有南瓜、雪蛤膏、椰子浆、琼脂。陈国平说，这道点心是他从南瓜饼和灌汤小笼中受到启发后创作的。创新是厨师很可贵的品质，物品搭配和滋味调节，是我们永远需要攀登的艺术高峰。

还有一道点心是“金汤流沙包”，面粉、胡萝卜汁和在一起，里面包的是咸蛋黄泥。之前我对胡萝卜一直没有好印象，我曾经用“一脸贱相”来形容胡萝卜，这是很刻薄的话，我的朋友曾经反驳过我，说胡萝卜营养丰富。“金汤流沙包”的颜色和口感竟然打动了我。我觉得自己竟有点对不起胡萝卜了。

另外，广式早茶中的拌炒芥蓝，相当于语法中的转折词，芥蓝的滋味比较特别，也特别清爽，穿插在其他点心和小菜中，起到峰回路转或者承上启下的作用。

后记

陶文瑜的文字有灵气，才情忽闪忽闪如绿漪，在水波上摇曳，几纸风俗，淡淡的一段情绪光影。他的饮食随笔，见真味，见机锋，性情人说性情话，字字句句有家常味有才子气，乘一时兴会。其文章之美，并不是唇齿滋味，而在于对生活的那种气质和风度。

陶文瑜作文，句子短，时而急促时而延宕，间或几丝戏谑，淡而有味。他下笔津津乐道，行文曲折起伏，陶陶然三分醉态，落得招式潇洒，自成文体。这些饮食文字，像在宣纸上铺洒而成，寥寥几笔，在纸上跳脱斑驳。作文如作画，陶文瑜置下大量留白。文不写满，如酒不喝干，一股香气自杯口飘逸开来，诱惑着人的嗅觉。

日子过得真快，转眼陶先生辞世这么久了，编得此书聊表怀念之情。书比人长久，好文章光华灿烂，渡过时间之河。又来苏州了，再一次想起陶文瑜，心中的失落感仍久久不能散去。他是爱书人，可惜不能亲眼见到这两册漂亮的文本。

二〇二〇年十一月二十一日，胡竹峰记